これが
私の
患者力

PAIN Go Away　　　　　　　　～ 慢性疼痛症 11 年 ～

三浦 勝己

Miura Katsumi

ブックウェイ

目　　次

プロローグ ……………………………………………………………… 7

1. 医療不信 ………………………………………………………… 14

2. うつ病治療薬でうつ症状が出る ……………………… 29

3. 社会保険庁への申請 ………………………………………… 41

4. みるみる体調が良くなる ………………………………… 44

5. 心療内科から精神科へ。そして入院 ……………… 50

6. 慢性疼痛を考える …………………………………………… 59

　　1）序の章　59

　　2）慢性痛症候群とは　の章　66

　　3）治療に難渋する慢性痛患者とは　の章　83

　　4）慢性痛では痛み以外の評価が重要　の章　113

　　5）「神経障害性疼痛」とは　の章　119

　　6）慢性痛治療薬の使い方・考え方　の章　125

　　7）神経障害性疼痛薬物療法　の章（抜粋）　130

　　8）（慢性疼痛と）心身医学の3本柱　の章　139

　　9）慢性疼痛と補償制度

　　　　（障害手帳発行）との関連　の章　141

　　10）精神科医から見た慢性痛　の章　143

　　11）神経ブロック治療の適応と限界　の章　146

　　12）非ガン性慢性疼痛へのオピオイドの使い方　の章　153

　　13）慢性痛への具体的な運動指導法　の章　167

14) 慢性痛に対する認知行動療法　の章　172

15) まとめ　177

7. SNS に投稿された慢性疼痛の「診断」 181

8. 私におきた事件と呼べること 185

9. コスト意識の低い（薬剤の値段、処置の値段を知らない）医師が多い 208

10. 収入を得なくてはならない課題 219

11. これからの慢性疼痛の治療は？ 225

エピローグ 231

装幀　2DAY

プロローグ

　地元新聞に驚きの記事が載っていた。(2017年7月7日　河北新報)

【 ―医療費抑制に1000億円支援―　　国保移管で成果に報酬―

　厚生労働省は6日までに国民健康保険(国保)の運営主体が来年4月に市町村から都道府県へ移るのに合わせ、医療費抑制の成果などに応じて来年度、都道府県と市町村に500億円ずつ、計1000億を配分して財政支援する方針を決めた。自治体側に5日付で通知した。

　加入者一人当たりの医療費が低かったり、メタボリック症候群を減らしたりした自治体に報奨としてお金を配ることで、医療費抑制と住民の健康づくりを促す狙い。医療費の地域間格差の是正にもつなげる。

　都道府県の500億円の内訳は

①年齢構成を調整した後の1人当たり医療費が全国平均よりも低い

②市町村への指導状況や糖尿病などの重症化予防の取り組み　150億円

③管内市町村のメタボ健診実施率やジェネリック医薬品(後

発薬）の使用割合などにより200億円

これまでの成果や来年度の取り組み態勢などを考慮して傾斜配分する。

運営移管後も保険収納や住民の保険事業を担う市町村分の500億円については、医療費抑制の取り組みに加え、保険収納率なども評価し配分を決める。

運営移管に当たってはこの1千億円とは別に、急激な保険料上昇の緩和などに約800億円を交付する。

国保は低所得者の加入者が多く2015年度の実質赤字額は約2800億円に上る。保険給付は約9兆5500億円、加入者は約3千200万人。】

このような記事が載ること自体、不可解だし違和感があった。国の政策は万策尽きたから県単位で競争させようというのだろうか。

市町村からどのような通知が来るかは皆目見当もつかないが、今年度からどうやら県に移管されて保険料が上がるだろう？ことはわかる。更には診療に対しての保険医療審査機関から医療機関への締め付けも考えられる。そして患者が困る。

その前にやるべきことはないのか？

病院への診療報酬の改訂はどうなのか？　医療関係者の多くにもまだ理解が及んでないとされる、私のような「慢性疼痛」患者への対応はどうなるのか。今でも金銭的に苦しく、

苦痛に耐えて毎日を送っているというのに、そこからまた削られるようでは身も蓋もない。ハッキリとしない病態で解明できていない病。

SNSにも多くの患者さんがその苦しみの投稿をしている。

「早く治って働けるようになりたい」とこの11年、治療に励んできた。そう願うのはごく自然なことではないだろうか。私も失業以来国民健康保険だが、一生懸命取り組んできても、2回の成功体験を有しているものの、途中での医療機関の処方拒否、および、「国民健康保険団体連合会の審査」にレセプトが触れ、投薬が中止されたこともある。

何の前触れもなく、突然医師を介して言われれば、それに従うしかないのが患者の現状だが、審査もいい加減なもので、病院・クリニックが発行するレセプトを見るのは、全数ではなく、その忙しさから「たまたま」だという（厚生局）。たまたま目にしたレセプト内容が、この診断と診療は間違っている、とするならば、ぜひ医師への指導を強めてもらいたい。レセプトの電子化に伴うPCの医療現場への導入促進だけではなく、かつ、指摘されたレセプトが、なぜそうなのかの説明も明確にしていただきたい。

「この診断ではこの薬を、この薬を使うにはこの診断を」のような具体的指導をしてもらいたい。異議を唱えたとしても、「ただ保険診療レセプトを認めない」としているのが現状で、およそ3か月遅れのレセプト返還があるらしい（実際

どのようなやりとりがあるのかはわからない)。審査に触れたレセプト内容の金額は病院・クリニックが診療費を持つ仕組みらしい。そうしたことで一番困るのは患者なのだが。

事実、3年前私もやっと効く薬に出会ったが、この「審査」に触れ、投薬が中止となってしまった経験がある。病院・クリニックでも損害が出るが、審査部門の給料が変わるわけではない。痛くもかゆくもない話だ。審査する側も医師というから笑わせる。医師が医師の診療を審査している。確かに病院・クリニックが不正をしていないかどうかの監査は必要と思う。まっとうな診療をしている医療機関はたまったものではない。審査機関がダメとなったらダメらしい。審査機関に意見を聞こうともしない医師が大半なことは事実で、「保険診療をやっているから・・・」という医師がいる一方で、疑問を呈する医師もいる。しかし認められることはなく、しかも回答が遅いとも聞いた。また、「理不尽なことはざっと（多く）あるよ」と言う現役医師もいた。結果を聞いた患者は、しょうがないと思うしかない。もの言わぬ審査機関の背後には「医療審査支払基金」という名の国の機関がある。管轄は厚生労働省。おおもとは厚労省だがこの機関が何らかの関与をしていることが推察できる。

平成24年9月からシップ薬の制限が行われたことは、ご存じではないだろうか。別の要素もあるが一例だ。

患者はいったいどうすればいいのだろうか？　患者で成り立つ医療業界だと思うのだがそうはいかない、というのが今

回の記事と位置付ければ納得もいく。患者置き去りの診療なのが実態だと思う。

　私の薬は特殊な薬（医療用麻薬）なので金額的に高いのはわかっている。その薬で痛みの9割がたが消え、7年ぶりの開放感を味わった。お世話になった叔父の3回忌の法要にも参列できた。およそ2年間処方された。1年と8か月目の診察日、勇んでいったら「処方できない」と言われ唖然。詳しく聞いたら審査機関の審査にレセプトが引っかかってしまったとのこと。診断は「難治性疼痛」。私は1患者としてこだわった。でも保険では制限があり、それを超えて投薬されない、できないというのが審査側の見解だという。ではなぜ1年7か月までは処方できたのであろうか。審査に「たまたま引っかからなかったから」に他ならない（厚生局）。私自身が直接問い合わせても「個別案件には対応しかねる（返事はできない）」との回答だった。誰ならいいのか？

　必死に捜した次の病院での「緩和内科」というところでは4か月お世話になった。ガンでないことを理由に処方不可となった。診断は「心因性ストレス性疼痛」に加え「麻薬依存の疑いあり」。次の病院では3錠／日までで、4錠目となったとたんにレセプトがひっかかった。

　一度引っかかるとズーッと審査されるようだ。いわゆるブラックリストにあげられる（事務員の話）のだ。

　確かにその通りとなった。患者は知る由もない。

プロローグ　● 11

一言で「慢性疼痛」とは言ってもいろんな痛みの形があることをSNSから知った。（診断名は後述する）

　医学界は一昨年10月に『慢性疼痛診療ハンドブック』を中外医学社から出版した。

　初学者でもわかりやすい、痛みに寄り添う、とされていることから、買って読んでみた。

　私一人では語れない事実がある。医学会の慢性疼痛のとらえ方には驚くばかりであった。

　もちろん政策的に「医療費削減」の事実もあることは承知している。病名がなんであれ、必要な患者には必要な処置・投薬などの診療をしてもらいたいのは患者の願い。誰しも同じなのではないだろうか。

　このことが実際の医療現場に取りこまれたら大変なことになるかもしれない、と勝手に危機感を抱いた。そのことを「患者として何か発信することはないのか」と考え執筆するに至った。

　思い立ったのは昨年2月。それからおよそ1年と3か月余り、いろんなことがあって今日に至っている。

　『慢性疼痛診療ハンドブック』は折にふれ、紹介させていただくが、私は医者でもなく医療従事者でもなんでもない。ただの患者。ですから医学的に詳細なことは全くわからない。反発でもない。いろんな病院・クリニックを訪ね、11年の

患者歴をもっている一人の人間。ただの考察にすぎません。PC の普及もあって別の意味で役立つはずのものが「買っておいてよかった」と、いろいろ患者なりに調べることもできた。

　国民の 13％〜 24％、病院に来る患者の 70％の主訴は「痛み」とされていて（慢性疼痛学会）多くの患者が何らかの痛みに苦しんでいるとも言われ、その意味では「国民病」と言っても過言ではないだろう。

　やっと国も動き出した感があるが、「ガンの治療」までには至っていないのが現実。また「ガン性疼痛」と真っ向から比較することはできないことは理解できる。おのずと「痛み」に対する考え方は異なる。しかし、苦しみは同じと考える。

　また、SNS の投稿にもあったが、「医療現場でもその理解がまだ薄いことから長引いてしまう」のもまた現実のようだ。ただ、この 1 年で「慢性疼痛」に関して記述するサイトが多く見受けられるようになってきた。

　確かな認知度が上がって、多くの医師が、その治療を正解に臨んでいただきたい、と思いつつ、決して軽くはない痛みを抱えながらキーボードをたたいている。

2018 年　5 月

1. 医療不信

　そもそもはここから始めなければならない。

　およそ17年前の夏、私はある地方都市にいた。

　資材課長として、東京に本社を構える企業から九州に本社のある企業に出向して勤務していた。

　4か月の研修期間を九州で過ごし、この年の5月連休明けに赴任した。クルーはおよそ二十人。私は所長以下、次長に次ぐ立場で仕事に当たっていた。

　そんな中、地元調達資材関連打ち合わせを初めてした時のこと。暑い夏の1日。

　クーラーでキンキンに冷えた部屋に、事務の女性が冷えた麦茶を配ってくれた。それを一口飲んだ瞬間、何かしらウッとした違和感を腹に覚えた。それ以来、なんとなく調子が悪い。お盆の前ではあったが、下痢っぽい感じの排便に変わり、日に数回起きていた。もともと胃腸が弱かったのもあって、またいつものことだろうと、一応近所の医者に行って整腸剤を処方してもらって飲んではいたが、それ以上でもなくほうってあった。ところが、お盆中もそのあとも続いた。どんどんひどくなる。加えて食事がとれないで、とはいうものの時節がら水ばかり飲んでいた。

　みるみる体重が減っていく。お盆明けの出勤日より日に

1kg 減り、たったの2週間やそこらで 10kg は落ちていた。近所の医院へ相談したところ「大学（病院）へ行ってみる？」と言われたので「ハイ」と答えた。はっきり覚えているが8月の 31 日、午前中の仕事を終えたところで、次長に話した「早退させてください」と。

実はこの日、営業部長と女性事務員と三人で会食の約束をしていて、楽しみだったが無理な話となってしまった。女性事務員に伝え、部長にも早退した旨伝えてほしいと言って事務所をあとにした。

まずは、自宅で横になり、ただひたすらお茶を飲む。そして翌日9月1日に、紹介された大学病院へ向かった。

診察に当たったのは、内科で、若い先生だった。あとで聞いたら講師とのことであった。まずは問診と診察。そして言われたのは「全身症状がみられるので入院してください」。あわてたが、了承。体重も 10kg も落ちていたので少し迷って答えた。「おそらく1、2週間くらいで退院して問題なかろう」とばかり思っていた。まずは次長に話して了解をとった。

迎えた入院日、7日後の9月8日だったと思う。その間会社に出向き事情を説明し正式に了承されていた。

ベッドに案内されてまずはゆっくり。夕方、主治医が来て「明日早速、大腸内視鏡検査をします。ですから今日から検査食です」とのこと。

カメラを入れる前に腸内をきれいにするための2リットル

の下剤は半分もあればよかった。検査時私に見えるように内視鏡が進む。主治医じきじきの検査。「やっぱりな。大腸の動きが亢進してかなり動いている」との話。それ以外は何もなかった。ひとまずは安心。

　ここからが問題で、「あまりに大腸の動きが早く、勝手に小腸へも入っていった」と後日説明を受けた。（理由はあとで述べる）小腸へ入ったカメラの先端が何かに触れ、私が「痛いっ」と言ったらしい。まずは下痢の正体がつかめてよかったのだが、カメラの先端が当たったものはなんだったのか。そこがわからない。ある夜、主治医が来て、「もう一度内視鏡検査をやらせてほしい」と。いわゆる、インフォームドコンセントはなかった、ただ検査をするとだけ。何のために２回目をやらなければいけないのかについては何の説明もない。

　医師の言う通りにしておけば治る、と信じていた。それまで病気らしい病気をしたこともない。初めての入院だった。こういったスタンスが大変な事態になることは予想だにしていない。

　胃カメラ、CT、超音波検査、24時間尿をためて何やら検査することなどが記憶に残っている。

　そしたら数日たって、「３回目の内視鏡検査をさせてほしい」とのこと。さすがに私も「なんで３回もするのか」と聞いて、言われたことは「あの痛いところの位置を特定したいから」だという。それが何を示しているのかは理解不能な状

態。

　3回目もすんだある日の夕方、主治医と研修医だろうか、白衣の若い女性と二人で話に来た。「相談があるので午後7時頃に話がしたい」とのこと。了承した。

　迎えた午後7時、二人が病室に来て別室に連れていかれた。
　そこで言われたのは「小腸におそらくは"カルチノイド"という腫瘍があります。今取り除かないといずれ大きくなって、小腸がふさがってしまう恐れがあります。カルチノイドを取る手術がしたい」と。「ガンではない」とも。
　「下痢は止まりますか」と私。「フィフティーフィフティです」と主治医。若い研修医は何も言わなかった。
　「即決しなくともいいですから、1週間くらいよく考えて返事を下さい」と言って去った。すでに入院5週、つまり1か月はゆうにすぎていた。会社に迷惑をかけることが頭をよぎる。相談相手もいないし・・・・・
　とりあえず母親には話してあった、「悪い物なら取ってしまえばいいし、先生の言うことをよく聞いて」というばかり。あとは自分の意思次第。「よしっ！」と決めたのは3日後。手術に応ずることを主治医に伝えた。
　この時私の頭からは「下痢で入院していること」をすっかり忘れていた。緊張で飛んでいた。下痢も2〜3回でだんだん普通に戻り始めていたからかもしれない。

1.　医療不信　● 17

入 院 診 療 計 画 書

平成 ■■■■■■

病　棟（病　室）	■■■■
主治医以外の担当者名	■■■ 看護婦 ■■■■
病　　　　名 （他に考え得る病名）	下痢症
症　　　　状	頻回の下痢，腹痛
治　療　計　画	全身を精査し、下痢の原因を 検索します。
検査内容及び日程	CT，小腸造影，便培養， 上部内視鏡，超音波検査等
手術内容及び日程	未定.
推定される入院期間	約　3週間
そ　の　他 （看護、リハビリテー ション等の計画）	心身共に最善の状態で検査、治療が受けられるよう サポート致します.

注1）　病名等は、現時点で考えられるものであり、今後検査等を進めていくにしたがって変わり
　　　得るものである。
注2）　入院期間については、現時点で予想されるものである。

医療機関の所在地及び名称　　■■■大学医学部附属病院
電話番号　　■■■■■■

あわただしく外科に転科。外科長に呼ばれて話した。

「下痢は止まりましたか」

「いえまだですがだいぶ良くなりました」

「話は聞いていると思うけど"開腹手術"を行います。全身麻酔です」

従うしかない、それ以上でも以下でもない。ただ、初めて入院して初めて手術しなければならない状況まで行くとは夢にも思わなかった。

術日は10月15日午前8時半から。3時間くらいで終わる、という。会社や母、100kmほど離れた親戚にも連絡した。

術日には親戚筋の叔父（母の兄）と従兄が来てくれた。朝8時前には着いていたから家を6時過ぎには出ていたかもしれない。母一人では大変だろう、との配慮だろうな？と思った。

8時半には手術着に着替え、手術室への入場を待つばかり。不思議と怖い感情はない。とにかく医者に任せればよくなることを信じていた。

手術台に載せられ「麻酔入りますね」と点滴。「麻酔の注射しまーす」で、スーッと意識を失った。

ほほを叩かれ「終わりましたよ」と言われるまで何も覚えていない。

私の場合は

①開腹手術をします

②全身麻酔です

③時間は３時間程度

④輸血は考えていません、が、準備します。

⑤カルチノイドのあるところを中心に10cmほど小腸を切除します。

⑥大腸への幽門部は残してつなげます。

以上のことの説明は受けていた。

立ち会ってくれた叔父や母の話によると、切除し終わったカルチノイドは、切り開いた小腸の中に小指の第一関節より上半分ほどの小さな“できもの”だった、と女医さんからみせられ、そう聞かされた。

私は見ていない。

輸血はしなかったと言っていたとも。

手術が終わって自室に戻る時、足の感覚がなく、ストレッチャーの上で「足が上がらない、上がらない！」とわめいていた。自室に戻ってもそうだった。そのことは覚えている。痛みはなかった。

そしたら外科部長が来て「痛くない？　痛くない？」と尋ね「痛くない」と私。「じゃあ、麻酔外すよ、イイネ」あとは覚えていない。夜になってやっと麻酔が切れかかったのか、意識がボォッとして一晩中そんな状態。この時の「痛くないか、麻酔外すよ、イイネ」という医師の質問は手術したとこ

20

ろにたいしてなんだろうと思う。

　朝を迎えて完全に意識が戻ったのか、すっきりしてきた。しばらくその状態でいることができた。

　「やっと下痢が止まったぁ」と、思ったのもつかの間、下痢が始まった。何も食べていないし手術前には浣腸までしているというのに。

　水様便が次々に出る、術前よりひどい。ナースコールで看護師を呼んで処理してもらう。何度も呼んだ。そのうち看護師もかかりっきりにはなれないためか、"ツッコミ" と呼ばれる道具（チリトリみたいなもの）をもってきて、加えて大量のトイレットペーパー。「自分でやって」と言い残した。水みたいなものだけが出る。CT の後のガス交じりのような状態が何回も続く。

　しょうがないので自分で処理した。手術直後で動いてはいけないのでベッドの上でやるしかない。当時の私は寝ていても尻を持ち上げるくらいの体力があった、40 代半ば。

　私も疲れてきてナースコールを呼んで、トイレに行かせてもらえないか頼んだ。そしたら OK が出て、点滴やら蓄尿の袋やらをぶら下げてトイレに行って用を足し、「やっぱりトイレだよなぁ」と実感。

　それ以降も回数は減ってきたものの下痢が続いていた。抜糸後内科への転科を申し入れて認可された。なぜ転科を希望したのか？　はっきりと覚えていない。

1. 医療不信　● 21

でも内科へ戻っても主治医は何もしない。お決まりの点滴すらしない。おそらくは「自然に治まるのを待っていたのではないか」と思う。ことの真意はわからないが・・・・・・医師のみぞ知る。なんの説明もない。

　転科して10日ほどして普通の便に戻った。退院が決まった。11月8日。入院してから2か月余り。やっと仕事に復帰もできる、と喜び勇んで退院した。

　悲劇はここから始まる。

　長い入院生活から解放され、まずはいっぱい、とビールの小瓶を開けた。グラスについでごくごく飲んだ。「ああ、うまい」。これが俗に言う、ちまたの世界。うまい晩御飯を食べて10時には寝た。良く眠ったようだ。

　問題は2日後くらいから始まった。悪夢の始まり。

　朝方3〜4時ごろ、腹がグルグルなって、腸の動きがまるでわかるくらいの感じを覚え目をさます。すでに便意を催しトイレへ。出たぁ、と思って横になる。そうするとまた腸が動く感じを覚え便意まで感じてトイレへ。

　これを10〜20分おきくらいに5〜6回ほど繰り返す。しまいには水様便に。出終わるとやっと静かになる。もう夜がすっかり明ける時間まで続く。いったい何なのだろうか、と。3日ほど連続して続いたので大学病院へ。

　ガスコンとガスモチンを処方された。その日の夕食後「腸

が良く動きチリチリ感が・・・」と手帳には記されている。相変わらずの下痢は続いていた。フラフラ感も出ていた。

　毎日のように主治医に通いそのことを話した。しかし主治医は何もせずただ話を聞いて、ひどい時は「次の患者さんが待っているので（引き取ってほしい）」というばかり。「（入院中）普通の便が出たでしょう」と語気を荒げる場面もあった。

　こういった状態が1か月続いた12月上旬、出社して事情を説明して、その年いっぱいは様子を見させてほしい旨伝え了承された。

　誰かに言われたのかもしれないが、そのことを手帳につけていた。10回続けていった日もあった。

　そして迎えた年末、弟が来てくれて、状況を話した。「そうなのか」というだけ。

　弟に何かを求めても困るわけである。

　会社にも年明け1月10日には出社する旨伝えた。

　正月を迎えた。

　元日は比較的穏やかで2回で済んでいる。

　2日には朝5時半に起きてトイレに2回行っている。水様便。3日は6時に起きて2回、4日は1時半、2時半、4時、7時半に起きて行っている。またもとへ戻ってしまった。

　でも、できることは何もない。疲れてお茶をすするので精一杯だった。

1. 医療不信　● 23

出社日10日も同じような状態だった、とても"仕事"は考えてはいられなかった。トイレ通いじゃ務まらない現場作業。事務ならまだしも作業従事者は務まらない業務だったのだから。

　まだ若い者が多くいる現場ではあったがベテランもいて何とかなる、と考え"治すこと"に懸命だった。

　そして1月末に所長に呼び出された「どこかで会えないか」と。ファミリーレストランのことを話し、午後7時半ごろお会いした。

　診断書を見せられた。

　「うつ病」。それも内科医である主治医名の診断書。なんでも心療内科で「仮面うつ病」と診断した医師が、スキーで足を骨折して休んでいて会えず、内科に回ったところこの診断だった、と所長の話。

　あいた口がふさがらない。「寝耳に水」とはこのことか。強い疑念を持った。本人の想像だにしないことだった。ただ、自発的に大学病院の心療内科を受診した経緯があって、そこでは「仮面うつ病」とされたことはあった。

　しかもこの時はドア越しに「仮面うつ病だ！」と口調を荒げて告げられた。このことを主治医にいうと「あの先生はおかしいから」と私に言ったにもかかわらず、それをもってして一内科医が下した判断なのだろうと思う。

　所長は、「本来であれば前職へ返す」ということで「それ

が無理らしい」とも。

　私は何も答えなかった。「別の資材課長を捜して補てんする」とのことだった。「もはや本社に上申されていてすでに決まっていることなのだ」とさえ思う。その結果私は行き場を失いリストラ社員となってしまった。

　世はまさにバブル崩壊を受けての金融危機と叫ばれ、あちらこちらで「リストラ」がすすんでいた時代。まさに私もその一員となってしまったのだ。

　「医師の診断書」というものは大きな社会性を含んでいる。

　当時は今ほど「うつ病」には寛容な姿勢を示す時代ではまだなかった。「心身医療」大流行の時代で「うつ病」と診断された者にとっては「生命線」ともいうべき診断だった。たいていは「回復まで長くかかる」との見解が広がっていたからで、回復の見込みはおそらく「不明」ではなかったか。

　主治医がなぜ患者にそのことを伝えなかったのか疑問だ。

　「下痢で全身症状がみられる」として入院して、手術して、更に下痢がひどくなって、退院後、明け方から3〜4時間かけて5回を超える連続的にトイレ通いを続ける毎日。

　病院にも通ったが、主治医は相手にもしてくれず、尋ねた私の上司に「うつ病」の診断を下す。こんなことがまかり通っていいはずがない。

行く当てもないので・・・・。主治医は市内から40分は
かかる海沿いの県南の病院の「心療内科」を紹介した。自ら
が所属する院内に心療内科・精神科があるのにだ。
　「しつこく通う私を病院から追い出したかった」としか言
いようがない。
　会社への復帰ももはやないと諦めた。状況的にいってそう
判断せざるを得なかった。

　医師の書く診断書は絶対的。
　内容によっては患者の生命線ともなる。かつ、患者の私に
は何も知らされていない。
　きちんと理解しているのか！

　これが黙っていられるかっ！

　興した行動は、セカンド・オピニオンを捜すこと。

　市内では結構知れわたっていると聞いた総合病院の精神科
を受診した。答えは「あなたはうつ病なんかではありません。
まず早くその下痢を止めることです」との診断。
　うつ病の典型的な症状は「自分を責めること」にある。私
にはそれがなかったし、知識もなかった。疑問だけがフツフ
ツとわいた。怒りを主治医にぶつけたところで犯罪になるや
もしれないことも分かっていた。

このことをもってして「医療不信におちいった」のである。心身の力が抜けた。

　もう闘う意思がわき起こらない。

　2月初旬、紹介された心療内科へ行ってもなお下痢は1か月ほど続いた。術後計4か月、発症して7か月。ただし明け方は確かになくなった。最初の治療は2月の初めで、"アナフラニール"という薬をいきなり点滴され、自宅へ帰ってきて何やら頭が締め付けられる感じがあり、測ってみたら、血圧が200超との副作用がでた。電話でどうしたらいいのか尋ねると「水をたくさん飲んでください」との返事。

　大学病院の紹介状については、「ほんとは逆なんだよなぁ」と言った。つまり、大学病院にこちらからお願いすることはあっても、大学病院からの紹介はありえない、と困った表情をしたのを覚えている。また一つ賢くなった。大学病院は広域的に中核をなす総合病院なのだ。その地域のみだけではないことを知った。

　以降、問診と飲薬の投薬のみでの治療となった。

　下痢が止まったのはその1か月後くらい。3月に入っていた。まだ本調子ではなかったが、早朝の頻回の下痢は止まっていた。

　投薬が功を奏したのだ、と思う。

1. 医療不信 ● 27

その年の４月、雪解けを待って、走ったり歩いたりして、ふらつく体を、足腰を強くしようと、近所の丘にある公園に通って自主トレしたことも覚えている。

　山中の寺社を訪ねたりもした。とにかく走って歩いて。

2. うつ病治療薬でうつ症状が出る

　「うつ病治療」で「抗うつ薬と入眠導入剤」をもらっていた。

　朝半分と夜だけ飲んでいた。よく眠りたいと思うからである。朝・昼・夜をまともに飲むと、頭がボーッとして何もできない、まさしく一般的に言われる「うつ病」の典型だ。

　4月、東京本社に呼ばれていた。

　「健康診断を受けて欲しい」とのこと。私は泊りがけで行った。その際、神奈川にいる弟と1杯やることにした。品川で待ち合わせ。

　ホテルには夕方5時ごろついた。

　チェックインの時なんとなく変な感覚に陥った。宿泊手続きにカードを出そうとしたとき、受付の女性がなんとなく変な顔をしたような。「大丈夫ですか」のような。

　とりあえずは部屋に入り横になった。「新館」と言うので新しいのだろうなと期待を寄せていたがそうでもなかった。水を1杯。

　弟が来るのを待った。電話が鳴り「お連れ様がおこしです」。1階に降りていった。

　その時、弟がいった。ホテルの1階がいっぱいで弟の顔が

見当たらず、弟は私が出て行ったのを見てくれていて、「俺の顔忘れたのかよ」と。「混んでいてわからなかった」と私。

それから居酒屋に行って刺身をつまみながら話した。

「俺、おかしいか」と尋ねた。

「ン、少しね」

やっぱり「うつかー」と認識。というのも、なんだかおかしいことはわかっていた。夜もあんまり眠れない。

「うつ」か・・・。

二次会にホテルのラウンジでウイスキーを飲んだ。

良く景色の見えるラウンジで、東京タワーも見えたかなぁ・・・忘れた。

急に雨が降り出して雷も光った。美しいと思わずにはいられない風景、見たことのない風景。知人、皆に教えようと思った。弟も付き合ってくれてバーボンのダブルの水割りを5杯くらい飲んだ。

明日の健康診断を忘れて飲んだ。

そしたら、すぐには寝たものの朝4時ごろ起きてTVを見てすごし、健康診断に臨み、産業医の診察を受けた。

入院時、10kgほど痩せてしまってガリガリになった私を見て、あるいは人事担当の「見た感じ」を聞いてのことなのかは定かではないが、「なんでも食べて元の体重へ戻りなさい」と何回か繰り返した、との記憶はある。現体重は57kgぐらい、身長175cm。もとの体重は67kgぐらいだった。なんのことは

30

ない、入社時の体形に戻っただけだ。

　午前中で終わったので、当時良く話した同僚と、1階の喫茶ルームで、コーヒーを飲んで話した。
「俺、おかしい」
「いや、全然」と言ってくれた。

　小一時間ほど話し、私は会社をあとにしてそそくさと帰った。

　こうして私は「うつ病の治療薬」を半分飲まずに生きていた、トレーニングしながら。
　しかしながら回復のめどは立たず（医師がもう大丈夫とは言わない）、観光地のあちらこちらを探検した、愛車で。いろんな発見があった。
　アパートのWi-Fi環境も自分で整え、PCで色々調べた。
　心身症の一つ「過敏性腸症候群」のことを知った。うつ病と間違いされやすい腸の病気で下痢タイプのあることも。仙台の東北大学病院の〇〇教授。
　メール案内があって、自分の症状を伝えたが返事はなかった。

　ネット、TV、出版物など、やはりこの時代は心療内科での各種治療が話題となり、「うつ病」を多く生み出している

ことを知った。

　それは医療業界、特に病院・クリニックの先生方や研究者の間で持ち切りであって、患者は知る由もなく、そう診断されれば、それに対応した治療を行う、それしかないのである。医療現場では「流行薬」と「流行病」というのがあるらしいがまさにその通りだった。

　ただ、私のあえて受けた「うつ病」は、一内科医の診療範囲を超えていたことは間違いない。

　長引く下痢症状の原因が特定できず、心身医療へと切り替えた。でも診療方法がわからないのではなかったか。それを彼は「うつ病」と診断した。

　かくして「うつ病患者」となってしまい、抗うつ薬を飲んだらかえって調子が悪くなるといった現実を経験した。

　「仮面うつ病」も確かに存在していて「心の問題がいろんな身体症状として出てくる」というもの。

　私の場合は下痢だった。手術して悪化して「過敏性腸症候群」と新しい病名を見つけた。

　なぜ術後さらに下痢がひどくなってしまったのか。ここを解明できていれば「うつ病」などになるはずもなかった。

　「仮面うつ病」「過敏性腸症候群」は医学研究者のつけた名前である。

「心身症は日本独特の考え方」らしい。欧米にはない。
（Wikpedia より）
　今では「うつ病」と「過敏性腸症候群」はまったく別もの
であるとする医療関係者もいる。

　それを裏付ける「診療情報提供書」が見つかった。
　「うつ病」でかかっていた心療内科医が疑問視していてそ
れを大学病院に投げかけていた。
　通って半年くらいのことである。

　7月のこと。
　上旬に2回目の入院を予定していて、それを前に心療内科
の医師から紹介状をもらっていた。
　「仮面うつ病」がない！　「うつ病」が消えた！

　どだい、術後を心療内科に任せることがいいのかどうか、
はなはだ疑問ではある。

　「これと同じものを〇〇先生に送っておきました」と前置
きがある（黒塗り部分）のは、私がしつこく見せてもらいた
い、と懇願したためである。

2.　うつ病治療薬でうつ症状が出る　● 33

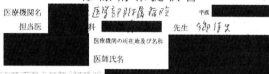

診療情報提供書

医療機関名	医学部附属病院	平成	
担当医	科	先生	

医療機関の所在地及び名称

医師氏名

患者氏名		性別	男・女
生年月日	明・大	職業	会社員
保険区分	社保（政・船・日・共・組・自） 国保（市町村・組合）		

傷病名 過敏性腸(管)症候群, 回腸カルチノイド術後

紹介目的 いつも大変お世話になっており、またご指導を有難うございます。けいナ4年1月下旬にご紹介頂き、これまで診てまいりましたが、基本的には改善に到っておりません。Pt.が7月8日(日)資料の取り込暖希望を既往歴及び家族歴 されたことを7月6日(土)本人からうかがいました。つきて資料のもち持参、ご都合、ご加療をお願い申し上げる次第です。腹痛(鳴)と腸管の蠕動の鎮静をうまくとれません。

症状経過及び検査結果 当科初診はH14年1月31日。基本的に1回/毎の面接治療を行ってきました。ご来院前にあった従来の治療経過、心療内科、精神科での治療経過、拝受した本人の資料、　　　　　　の病状や治療経過等治療経過 情報が大きくあり、場合と参考にさせていただきました。結果的に言って私が行った心身医学的精神的、心身医学的な立場からの薬物療法は色々試みましたが殆ど無効でした。細かには、うつ病の心理病態としてのIBS (これは秋田喬氏の精神病態も支えられたことですが)、村野としてのIBS、まさにpsycho-somaticな表現としてのIBS、心因の関与のない本態性の失調としてのIBSなどと考えたのですが、いずれにしてもどうも違うの現在の処方の関与ガあり、

備考 です。課題として残ったのは、疾病恐怖としてのかなり強い心気性、IBSの内的身体感覚をなにする相当の過敏性、状態像としてのこだわりの強さでした。以上です。
(今)鈴木、長期間の取り引きあり、本我、信、病(Halt(mans)と皇帝とス。(子寅日は裏）
備考 1. 必要がある場合は続紙に記載して添付すること。範囲内の総神経緊張が
2. 必要がある場合は画像診断のフィルム、検査の記録を添付すること。して捉えて

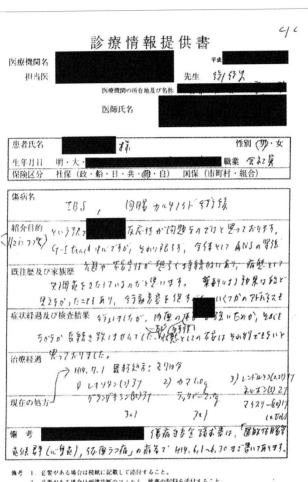

あるメモが見つかった。

「うつ病」と診断書に書いた内科医、大学病院の内科の主治医のメモである。

いつ、どのようなことで私の手元に残っていたのかは定かではない。ただ、病院としての診療状況報告書でもなんでもなく、主治医の個人的なメモととらえることはできる。院内で十分な所見としてのメモではないかもしれない。

患者氏名： ▇▇▇▇▇
生年月日： ▇▇▇▇▇▇▇

現在通院中の病名
　　過敏性腸症候群（心身症）
　　回腸カルチノイド術後
　　掌せき膿ほう症

これまでの経過
　　上記患者さんにつきこれまでの当院などでの経過をご報告いたします。当科には▇▇▇▇
▇▇▇▇▇に近医より紹介されて受診しております。それ以前から不眠、動悸、交代性の
便通異常にて投薬治療を受けていたそうです。▇▇▇▇▇▇▇▇▇▇に来て紹介して
いただいた近医を受診して、コロネル、セレキノン、セルシンなど処方されていましたが
改善しないとの訴えがあり当科を受診、その後 7 月初旬より早朝の便意、4-5 回の水様便、
食欲低下、体重減少が出現し、9 月 6 日当科にて大腸内視鏡施行したところ回腸末端部に粘
膜下腫瘍を認めて、同 17 日に当科に精査加療目的に入院しました。内視鏡による生検でカ
ルチノイドと診断され、外科的治療必要と判断され当院第一外科で回腸部分切除を施行さ
れました。病理学的には筋層に達するカルチノイド腫瘍でしたが、転移はありませんでし
た。この病気に関しては根治的であったと考えられます。またこのときの入院時に上部消
化管内視鏡、腹部エコー、CT、血液ホルモン測定など全身検索しておりますが異常所見は
ありませんでした。術後一過性に腹部症状はよくなりましたが、足のしびれ感はあったそ
うです（これは現在まで続いております）。外科的には通院は不要と判断されております。
退院後まもなく下痢、腹部膨満感、不眠、腹部の動悸、全身倦怠感を訴えて、当科にて各
種薬剤にて治療行いましたが無効でありました。他の医院を受診したところ自律神経の異
常も考えられると言われ、当科心療内科を受診したところ、仮面うつ病と診断されました。
そこで医師との協調が得られず、▇▇▇▇▇ 1 月下旬に▇▇▇▇▇の心療内科を受診してい
ただき 7 月まで通院しておりました。そこではやはりうつ病や他の精神疾患とは違い、

主に消化管を主体とした反応性の問題があり、そのため自律神経の緊張、不安定性が持続しているのではないかとの考えでした。しばらく腹部膨満感、動悸以外は軽快してきておりましたが、6月下旬から再び下痢などの症状もでてきており7月5日に当科を再び受診、精査のため当科に7月8日入院し、上部内視鏡、注腸検査、小腸透視　腹部エコー、頭部MRI、血液検査などをおこないました。レントゲン検査にて大腸の過度の収縮と痛み、腸管の移動による腹部不快感などが認められており、やはり症状は腸管の過敏性が底辺にあり、それと知覚の認識障害に伴うものではないかと考えられました。これまでの経過からこれらの症状に有効な薬物療法はあまりなくかえって腹部症状を悪化させることもあったので、現在は漢方薬と症状がひどい時のみ薬剤を頓用するように指導して、基本的には生活習慣、食事習慣によるコントロールと腹部の状態を自分で寛容できることが必要として治療をおこなっております。術後症状が多彩にみられておりますが、麻酔や手術とは関連性は低いと考えらます。しかし、全体的に症状はかるくなっておりいずれ自制内まで軽快するものと思われます。

███████ 医学部附属病院
███████

　このメモには私にとって多くのウソがある。

　下痢症　→　カルチノイド摘出術後　→　仮面うつ病、過敏性腸症候群　→　自律神経失調　と書かれてある。

　近医より紹介され、コロネル、セレキノン、セルシンのうち、コロネル、セレキノンは確かに「過敏性腸症候群」の薬ではある。セルシンは抗うつ薬にも使われる薬であるが「過敏性腸症候群」の薬と言えるかというとそうではない。精神科処方の薬、何せ飲んだ記憶がない。診断名も「下痢症」であって何も処置されなかったことは前述した通り。そこには触れられていない。最初から「過敏性腸症候群」の疑いがあったとされている。入院当初は「下痢症」であったはず。

　期間はたったの10か月。この間に患者の受けた不利益をよそに、患者が知らないことをいいことに好き勝手に書かれ

てある。さも自分は関係ないとし、あくまで消化器内科医としてのメモである。

「やはりうつ病や他の精神疾患とは違い」とある。

こうして患者情報は肥大化していくことを恐怖に思う。

その最悪なことは、患者のあずかり知らぬところで行われる「患者医療情報提供書」のやり取りこそなのだと私は思う。

これは私が当地から異動するに際して、もらった紹介状を開けて読んだものかもしれない。どこの病院へ行くかもわからない、でも書いてもらいたい、と願って書いていただいたものかもしれない。

心療内科専門外来は当時この街には一軒のクリニックしかなかったのが実態であった。

何故大学病院の内科医は、精神科もあるのに、受診させずに、わざわざ遠ざけたのか、そこが聞きたい。前述した通り「しつこく通ってくる患者を遠ざけたかった」としか言いようがない。

主治医の上司にも面会しているが、この時なぜ上司と会わなかったのか、残念でならない。主治医は大学医学部付属病院講師であった。年のころから見て、おそらく上司は准教か教授くらいの方ではなかったか。

ある書物で読んだことがある。

大学病院というところは、「教授が白と言えば黒であっても白に従わざるを得ないところがある」と。

　かんぐればきりがないが、「過敏性腸症候群」の実態を知らなかった、としか言いようがない。

　後日場所を変えて、過敏性腸症候群をかつてメールでご相談いただいた医師に診てもらうと、否定された。

　実に恐ろしいことだ。

　話は前後するが、6月、今度は大学病院の「外科」を訪ねた。何しに来たと言わんばかりに看護師が出てきた。

　「どんな症状ですか」と尋ねてきたので「まだ下痢が続いているのです」と答えた。

　だいぶ改善されては来ているものの今一改善の必要性があった、私の感覚では。

　診察室に入ったら、若い医師が出てきて発した言葉に唖然。

　「今さら来てもらっても困る」

　「科長先生はいますか」

　「いますけど診察中です」

　隣のスペースで聞きなれた声が聞こえる、確かに科長先生の声だ。

　あまりの発言にあきれかえり、診察室を出て内科へ。

　主治医に伝えた、外科であったことを。

　更に驚愕の声が。

2.　うつ病治療薬でうつ症状が出る　● 39

「当然ですよ」

これが医療者の常識なのだ。

それでも一抹の不安があったことから内科に2週間入院することとなった。

何にもしない。規則正しい生活があるのみ。

2週間後退院した。

もうここへ来ることはないな、と病院を後にした。誰も責任の所在を明らかにしない。

大きな、特に大学病院あたりになるとそうなのかもしれない。

個人病院は逃げようがない。自分一人が医師なのだから逃げようがない。

3. 社会保険庁への申請

　何とかひと段落して、今度は会社から連絡があった。もうすでに1年と半年が過ぎていた。

　高校の同級生の事務所にボランティアで詰めさせてもらっていて、リハビリもかねていた。そこへ会社からの電話。

　「（期限がきたので）もう1年ここへ（会社）在席を望むのであれば、社会保険庁へ病気を申請してください」とのこと。

　支部へ出かけた。

　2通の申請書が必要とのことだった。

　1通は「うつ病」用

　1通は「過敏性腸症候群」用

　病態的に言えば1通で済むのではないか、とも思ったがそこは役所。従わねば。

　ところが作るのはいいが、「発症日から書いてください」と言われてタジタジ。またあそこ（大学病院）へ行かなくちゃ、と思ったら、心療内科の病院一か所で済むことを聞かされたのでほっとした。よく考えたらおかしなことで、「うつ病」と診断したのは大学病院だから大学へ行かなくてはな

3. 社会保険庁への申請　● 41

らないのだが。

「医学界では心身症は浸透していても行政はどうなのかなぁ」とは主治医の弁。なるほど。

「過敏性腸症候群」は「心身症」だから医療機関一か所でも済むのはありがたかった。

ただ、発症から・・・・と言うのはどうだろうか。

まず近所の内科クリニックへ行って、その旨伝えて書いてもらうしかなかった。「下痢症」だったと思う。その医師は驚いていた。「てっきり治ったものと・・・・・」と言ったのを覚えている。不思議そうな顔をした。私はいままでの経緯を話した。医師の反応はなかった。

書いてはくれたものの、カルテを取り出して症状を見なくてはいけないので結構な時間かかったと思う。

文書料はしっかりとられた。

それをもって心療内科の病院へ。

「あとは書いておくから」といってくれた（と思う。記憶が定かではない）。この申請書に大学病院からの紹介状の中身が反映されていたものと思われた。紹介状の中身を患者は知ることはできない。お金は文書料として患者が支払ってすべては患者もちだ。

なにかにつけて「おかしい、おかしい」と内心思ってはいた。その程度。病にかかるといろんなことを知るハメになる。もともと探求心の強い性格なのでそうだったのかもしれない。

42

よくなっていないことが拍車をかける。

それよりも、生活の糧を得ることが先だったのは言うまでもない。

申請して３か月くらいが過ぎたあたりで旧社会保険庁から回答が来た。

うつ病 ― 該当しない
過敏性腸症候群 ― 該当しない

これをもってして仙台にうつり住み、"仕事を探すという仕事"についた。

東京本社の関連会社で、いわゆる派遣会社。

入院して２年後のちょうど９月だった。

労働組合がしっかりしている会社だったために、健康保険組合から月給の６割を支給される。

期限は１年。

さてと。

この「うつ病」が後々にまで影を落とすことを私は知らないでいた。

3. 社会保険庁への申請 ● 43

4. みるみる体調が良くなる

　派遣会社では「コーディネーター」の肩書で活動を始めた。

　忘れもしない９月１日。朝10時。「おはようございます」と扉を開けて中に入った。

　事務の女性が一人、所長が一人、社員二人、計四人の小さな事務所だった。

　私は隣室で"履歴書"と"職務経歴書"をまとめるのがまずやらなければならない仕事。

　更に労基署主催のセミナーへの参加。

　あらかじめ用意されたプログラムだ。そこで新たな履歴書・職務経歴書の書き方を学ぶ。総勢三十名はいたと思う。

　それぞれ事情は異なるが、皆生活の糧を求めて受けに来ていた。同じような年齢層だが、中にはそうではない人ももちろんいる。同性の方がとなりに座っていた。名簿を見てびっくりした。

　いろんなまとめ方があるのを学び、それぞれまとめ上げ評価を受けるシステムになっていた。

　私の場合は建築業しか携わったことがないので、そちらの道がいいのではないか、とのご指導を受けた。

　私自身もそう思っていた。願いは、東京本社の仙台支店勤務が目的だったのだが……。

44

しかしなかなか決まらない。派遣会社の評価も受けたが
"何がやりたいのか明確でない"のつれない返事。これまで
の記録を頼りに書き加えて提出していたが。

　私はいろんな職種を経験していたために、時系列でダラダ
ラ書くと"何をやりたいのかわからない"といった評価につ
ながってしまう。3種に絞り13年の経験を有す「営業（技
術営業）職」に絞った。

　大きく分けると、営業、設計、工務の3種類となるが、入
社当時は工務で帳票整理や、現場経験を積む形で見習いとし
て仕事を、モノを扱うことを知ることに重きを置かれた。

　3年後、組織改正があり、営業・設計・工務を1グループ
で処理するという試みの一員として営業に抜擢されたのが
22歳ころだったと記憶している。クレーム対応や設計基本
方針なども含まれた。実際には委託設計事務所を活用して設
計業務にあたる。総七名のうち四名が技術職で、関東営業の
中で試行されていた。

　あとでその意味を知ることが起きる。

　派遣会社では、まずは指導員と、数日をともにして、と
言っても、昼ご飯を一緒に食べるくらい。何せ仙台の右も左
もわからない。ご飯どころさえわからないので教えてもらう
つもりでついて回った。

　「よく食べるもんね」と言ってくれていた。つまり、本当
に病気なのかどうか、と思っていてくれたのではないかと感

4. みるみる体調が良くなる　● 45

謝している。

　ある日、事務所に誰も居なくなった。女性も派遣元へ行く
日でいなかった。
　机上にあるファイルを見た。名前が張ってある。
　私の名前があって・・・・（リストラ社員）・・・のお
まけつき。なるほどなぁ、なので身が入るはずもない。もう
決まっていることなんだなぁ、とまた諦めたが、一応期限ま
ではいるつもりで芝居をぶった。
　迎えた年末、仙台名物の定禅寺通りの木々のライトアップ
がきれいだったのを覚えている。

　年明け、私は調子を崩した。
　急にどうしようもない状況におちいり、欠勤をした。
　今日も、そして明日もと続く。結局２か月の欠勤。月２回
の平日休みをもらっていたが、なぜか急にそうなった。
　心療内科の転院もしていて医師のつながりで、２回／月の
ペースで通ってはいた。大腸の内視鏡検査も受けた。
　前の街と同じく、薬は朝と夜しか飲んでいなかったのだが。
どうしたことか。自分でもよくわからない状態。
　本人の意思とは全く異なることが頭の中で堂々巡りしてい
る状態。これも「うつ」なのだろうか、とさえ思う。そうな
ると診断は正しかったことになるが・・・
　いつもそういうことが頭をよぎる。

３月にやっと出勤。もう春の準備だ。東北の春は遅い。４月の中旬頃から桜の北上してくるのが常。

　その際指導員が「（欠勤した月の）休みはいつにしとく」と聞く。適当にお願いしたが「決めてくれ」と。

「まだ出勤票は出してないから」と。

　そして迎えた４月、女性事務員が急にやめることになった。

本人も預かり知らぬことらしい。

　何とひどい派遣会社なのだ、と。

　思えば当時はどこもかしこも、リストラの嵐。バブル崩壊と金融不安でどこもかしこもリストラの嵐が吹いていた。

　そんな中１本の電話が入った。元先輩同僚から。九州で建築設計事務所を開いていた。「一緒にやってみないか」と。私は藁にもすがる気持ちで、二つ返事でOK した。これでここともお別れだ。とも。

　そして５月には30年１か月お世話になった会社をあとにした。

　さっそく九州へ飛んで勉強させていただいた。

　CAD のデータをもらい、自宅マンションを拠点として活動し始めた。３年と６か月ぶりの前職の仕事。走馬灯のようによみがえる。時はしっかり覚えている。とにかくよみがえ

4. みるみる体調が良くなる　● 47

る。やっぱりこの仕事が好きだ、とも。

　胸をはずませ、名刺まで作っていざ。だが物事そう単純にはいかない。

　私は営業畑が長いので、若い仙台支店のリーダーと会食をしてやりたいことをアピールした。私の実績は彼らが良く知っている。

　だが、立場は全く違う。同僚ではなく、仕事をいただくお客さん。この接し方は大変だった。"君"付けが"さん"付けで呼ばないといけないのだから。

　しかし何ごともなく、ただひたすら待ち続け、ある仕事をもらった。まだいきなりの下請け会社とはいかないので、ある事務所を経由してお金は支払われた、九州へ。九州から私へ来るはずだった。

　しかし、所長は"金を振り込んでもらわないと"との話。九州へ行った際、月給は15万のはずだった。私はそれでもいいと返事をしていた。

　甘かった。結局稼いだ7万円の対価として私は15万所長の口座へ振り込み、社会保険料を差し引いた13万なにがしを給料としてもらう仕組みだ。6月から7か月の12月、しかも28日という中途半端な時期に事業規模縮小の為解雇され、また混乱させられる。

　雇用保険は減らされる、国民年金と国民健康保険加入は12月から、となってしまった。

所長は一体何をもってそのような判断を下したのだろうか
と思う。

　またプー太郎になってしまった。

　今度はきちんとしようと思い、まずは TAXI の運転手を
目指す。
　しかし、途中で自動車学校へ行かなくなってしまった。
　その次は、旧２級ホームヘルパー。これはしっかりとれた。
今は名前が変わって「介護職員初任者」。
　この時、「どこかの施設で募集があれば行きたい方は写真
を提出してください」と言われて出しておいたがなんの音沙
汰もない。まだ女性の職場だったかもしれない。現場実習の
ときは、腰にコルセットをまいた男性職員もみかけたが。

4.　みるみる体調が良くなる　●　49

5. 心療内科から精神科へ。そして入院

　もう1年が流れ、また年末となった。ヘルパーの講習を受けた十名で「忘年会」をしよう、ということになった。なんだか体に力が入らない、お酒も入っていかない。はて。

　一方でまだ心療内科には通っていたが、年明けくらいからあろうことか精神科に回された。理由は聞かされていない。ただ「ここへ行ってくれ」と言われただけで紹介状を渡された。

　待合室にいる患者さんをみたらなにやら怖くなった。待合が静かなのはわかるが、多くの患者は下を向いている。

　私に診察が回ってきた時点で「住居の近くに通える病院はないか」と尋ね、回してもらった。

　初診は院長だったがまだ若い。そして吐くように言ったのだ、「どうせ薬がほしいんだろ」と。

　本当に怖かった。待合室の片隅でブルブル震えている年のいった女性もいるし、静かなのはいいがこんなに多くいるのに物音一つしない。薬は院内処方。「怖かった」のひとことに尽きる。

　なぜこんなところに回されたのか。本人はわかっていない。院長も若いが怖かった。患者を見る目つきが全く異なる。茶

50

髪の医師もいる。おかしな病院だった。

　近所の本業精神科で「内科を標榜している医院」へ通うことになった。

　こうなるともはやることもなくて眠るだけになってしまっていた。

　よく眠れる薬の処方をしてもらうために通ったようなもの。この時こそ「うつ」を感じたことはない。

　ここの医師も言った。「家族も誰も来ないし、気持ち悪かった」と。

　こんなことを言われるために医者に行っているのではない。

　黙っていられるか、こんな扱いを受けて。

　いわゆる精神病患者の扱いはこんなもんかとも思う。

　心療内科から精神科、すなわち、「うつ病」から、何らかの「うつ病」とは違う精神病はあるのか。調べてみたら「精神性うつ病」というのがある。病名をつければいいというものでもないだろうに、と強く思った。

　本人は何も言われていないし、精神科に通うことの「病名」も知らされていない。

　このような扱いを見ても「患者置き去りの医療」がある。患者の立ち入ることのできない「医療情報提供書」のみが唯一の診療材料。患者への告知もなく流れていく。支払いは患者。おかしくないか。

5. 心療内科から精神科へ。そして入院　● 51

なぜもっとしっかり、オープンな対応してくれないのだろうかと不思議だった。

　精神病院へ入院することが決まった。

　初めての診察は「若いうちに（そういう人たちがいることを）見ておくのもいい経験になるよ」と新しい院長は言った。

　母が同行した。私は確かに“薬”と“酒”で筋肉がおかしな状況となっているのを感じていた。なんとなく固い。ジムでジャンプもできなければ走ることもできない。（ジムへ通っていた）

　入院の準備はしてきたので、すぐ雑居房に移された。

　挨拶を交わした。「雑居」とはよく言ったもので、いろんな人がそこにはいた。

　中には、どこが悪いのかわからない方々もいて、その一方で明らかにおかしな方々もいる。

　まさに「雑居」房。部屋とベッドはあっても壁がない。窓ガラスはすべて曇りガラス。これには驚いた。

　母も「相当ショックだった、お前がこの人たちと同じなのか」と疑問を持ったそうだ。

　まず、荷物の検査、そしてズボンのベルトを預かると言われて渡した。

　金属類やいわゆる危険物は徹底して外された。自殺を防ぐのだという。

　男性は２階で（正面玄関は２階）女性の雑居房が１階にあ

52

る。たまに奇声が聞こえてくる。まさに精神が病んでいる。

　食事は、おかずは同じだが中にはご老人がおられて、歯がなくて噛めない。相応の食事が配食される。ごはんと味噌汁は自分たちで当番を決めて、盛る人が決められていて、そこへ並ぶ。

　四十人くらいはいただろうか。皆さん医者から見ればおかしな人だった。

　私から見れば、何ともない普通の人だった。

　私はそこでも「精神疾患ではない」とされたが「強迫神経症」という病名で3か月の入院生活を送る。なんでも3か月にしてしまう。薬の調剤のためだった。

　どんな病院でも「疾病名をつけないと入院または診療はできない」ことになっているらしい。私は自分の病名を初めて知った。気にし過ぎといわれる神経症の一部だ。"強迫"がつくとは思ってもみなかった。

　「ここでもうつ病は否定された」のである。精神科専門の医師でも「うつ病」を否定した。

　母もそのこと説明をうけたという。

　入院してまず行われたことがある。知能指数を確認するというもの。専門の担当者が来て、ストップウオッチを持ったり、絵を見せて、なんに見えるかなどの質問をしたりする。およそ1時間。結果は1週間後で、本人には知らされない。

5.　心療内科から精神科へ。そして入院　● 53

どういう目的でやったのかは知らない。何かの研究の為だろうぐらいしか考えていない。

風呂は共同で週２回。一応シャワーもついている。浴槽は五人も入れば満杯となる。

トイレも共同で大便は和式が３か所あって、朝はいつも汚い。

夜は睡眠薬を飲まされて眠りにつく。

昼は、ただ漫然と暮らす。実に暇な毎日。唯一ＴＶが１台あった。看護師のほか看護助手という男性が三名ほどいて、暴力行為などがあると止めに入り、独房に入れる。そういう決まりだ。

タバコは１日８本。自分で買って預ける。

起床後、ラジオ体操・掃除のあと、食事のあと、10時、3時、就寝前。

おやつは許可されたものだけ雑居房を出て買うことができる。許可の無いものは看護助手に頼む。１回1000円まで。週１回。

散歩も選ばれしものだけ外に出ることができる。週１回、数名の特権。途中おやつを買うことができる。100円程度。たとえば、夏場は冷たい飲み物、冬場は温かい飲み物など。

帰ってくると皆自慢げに語るのだった。

退院まじかになると、なんといったか・・・電車に乗って歩いてどこかの、例えば博物館などを巡り、外食もする。遠足みたいなもので、社会復帰のためということだった。長期

の入院患者が多いためと聞いた。

　1回目の入院の散歩から何やら足がおかしかったのを覚えている。動かない。

　そりゃ1日中何もしないで座ってばかりいるのだから足も動かなくなる。

　看護師は入院者の動向を観察して記録する。薬は各人に応じて飲む。

　夕方になると院長が来て会議を開く。毎日それの繰り返し。

　毎日の朝、大量の汗をかいてシャツがびしょ濡れで起きた。着替えが足りないほどだった。5時くらい。

　ぐっすりと眠っていた、睡眠薬が効いている。

　私は6月の雨の日に入院して8月の暑い日に遠足をして退院した。

　外泊も許可が出れば家に帰れる。1泊か、2泊。遠くから来ている人もいて6泊なんていう人もいた。大体が暴力を働いて入院していた。

　中にはトラックの運転手だった人もいるという。なんでも左折の際、小さな女の子を轢いてしまって、以来おかしくなったらしい。

　また、脊髄側弯症の身よりの無い人もいて、一般の病院でもいいのだが、こちらの方が居心地がいいので入院しているご老人もいた。少し言葉をはっきり言えないところがあって、精神科的には何も問題ないのだという。私が退院するときに

「がんばれ」と言ってくれた。

　更には、引受人がいないがために入院が長期化している人もいた。何ともはや。

　人それぞれである。

　私は3か月入院して退院した後、通うことになった。

　外来では院長が対応して「薬はちゃんと飲んでいるか」と一言だけで薬を処方してもらう。

　精神科外来は30分単位で料金が違う。普通の病院とは少し違う。それを20秒で終わるのだから、なんという診察の仕方だろうか。なんでも保険適用上は5分以上でなければ診察料を請求できないらしいが。

　私はあろうことかオーバードラッグをして、その年の秋、2回目の入院となった。

　1回目と同じく、知能指数の確認から始まった。

　そしてある日の夜、「痛み」を感じたのである。

　治療方針が変わって薬がストップされて眠れないで、横になった時中心部に感じたのである。

　中心部とは、股間付近。どう体制を変えたところで痛みが消えない。眠れない。

　ベッドから起きて、立つと痛みがないので起きて立って、一晩中歩いた時もあった。

　数日後、更には、座れなくなった。腰を折って座ろうとすると痛みが走る。

56

食事をする際、配膳が終り、「いただきます」を言うまでじっと椅子に座っていなければならない。それができないのだ。もはやすぐ食べて早く立ちたい、そんな気持ちで毎日を送っていた。

　立つと痛みが出ない。不思議だった。

　夕方の院長回診の時に申し上げた、「痛いので別の病院へ行かせてください」と。答えはNOだった。

　私の痛みはおよそ10年前、そんな形で始まった。これが長い年月続くとは夢にも思っていない。

　やっと本論に入ることができる。こういったことが起きて私の「痛み治療」が始まった。

　そして9年目を迎えた一昨年、激しい痛みは無いにしろ「慢性疼痛」とされたのである。

　そこで『池本竜則著、中外医学社発行、慢性疼痛診療ハンドブック』が出版され、アマゾンで買い求め読み、私が精神科で経験したのと同じことを感じずにはいられなくなり、これは黙っていられない、と強く感じた。たまたま検索にヒットした書物。

　今までの経験が生かされる時だった。

　「生きる上で何にも無駄なことはない」とよく言われるがまさにそういった心境がフツフツと湧いてきて、

　「何かを発信しないといけない」と強く感じたのである。

5.　心療内科から精神科へ。そして入院　● 57

「患者置き去りの診療」「黙ってはいられない治療」を散々と、黙々と、患者とされて受けてきた私にできることだと思った。もちろん私以上に苦しんでいる方々の存在も事実である。SNSへの投稿を見れば理解できる。症状を多めに書いている人も中にはいるのかもしれない。しかし、確かに存在することは認めなければならない事実。

　これから引用する文章は主に、

　池本竜則著、中外医学社発行『慢性疼痛診療ハンドブック』からで、【　】の記号であらわす。

　更に、○○の章、A.、B.、C.、と書いている項目は筆者が選んだ項目で『慢性疼痛診療ハンドブック』の中で表記されている項目。

　基本的にはそれに従う。一部省略される、あるいは要約部分もあるが、『慢性疼痛診療ハンドブック』の引用については、もちろん著作権上の規制もあるので最小限しか引用できないことをご容赦願いたい。また、寄稿者の先生方の意にそぐわない場合もあろうかと思うがご容赦願いたい。この二つをお願いする。

6. 慢性疼痛を考える

1) 序の章

【 ●「痛み」は日常診療の中で中核となる症状の一つですが、本企画のテーマである「長引く痛み＝慢性疼痛」は患者さんの生活の質を低下させるだけでなく、取り巻く家族や職場、社会全体に不幸な影響をもたらす。

●特に難治性の痛みになると、その診断根拠にも不明確な部分が多く、疾患を取り扱う医療者、特に専門家の間でも意見の隔たりが見られるため、その結果、様々な病名を告げられた患者さんの多くは、医療者の発言に混乱し、痛みの緩和を求めて医療機関への受診を繰り返している。このような背景から「慢性疼痛」を取り扱うことの多い医療者が中心の NPO 法人を立ち上げ 2012 年度からは厚生労働省「からだの痛み支援事業」を執り行っています。

●本書では「慢性疼痛」という言葉を、患者目線でわかりやすい「慢性痛」という表現に変え、「慢性痛症候群」を一つの病態として捉えております。

●痛みの本質を理解していただき、患者さんやその周囲の人たちにどのように対応すべきかの参考になるのではな

いかと考えております。

平成 28 年 10 月

池本 竜則 】

　など（抜粋）

　痛みに関係するすべての医療関係者を対象としているのであろう。
　しかしながら、原因は種々雑多であり、
　ここでは、
　ア．加齢
　イ．リウマチ性疾患などの持続性炎症を伴うもの
　ウ．神経障害を伴うもの
　エ．組織障害との関連性は見いだせないもののとにかく痛いと訴えるもの
　オ．上記が混在しているもの
をあげている。

　つまり、①侵害受容性疼痛
　　　　　②神経障害性疼痛
　　　　　③心因性疼痛
の痛みの3要素＋複合的なものをあげているのであろう。どれがどれに該当するかについては私にはわからない。このことを覚えておいていただきたい。

更に注目すべきは、「様々な病名を告げられた患者さんの多くは、医療者の発言に混乱し」とあるが、痛みが取れないだけの話で、別に「混乱」しているわけではないことを記しておく（少なくとも私は）。

　"混乱"だとすれば誰によってそうなるのかは記述の通りで、まぎれもない医師だ。

　"エキスパートの寄稿による"とされているが、私の知る具体的な「痛み」には各々学会があってそちらとの関係はどうなのかもはっきり明記されていないことを見ると、エキスパートの立場はごく個人的な研究者たちではないか、と考えるのが自然だ。つまり、日本の医療者の正式な専門書ではないのではないか、と思うのである。各研究者の寄稿のつながりは見られない。開いてみてやっと理解できた。国の発表ではなくNPO法人に属している方々の発表の場が本書であり、公認NPO法人の行う痛み支援事業が「いたみ医学研究情報センター」ではないかと思う。（http://pain-medres.info/）

　私も1回、まわされたことがある。市の医療なんでも相談 → 県のなんでも相談 → NPO法人いたみ医学研究情報センターの順である。ちょうどお昼時で、女性の方が電話口に出たが「今は私一人だけなんです」と愚痴が入ったのでやめた。

　興味のある方はぜひサイトにアクセスしてみてください。著者の名前もある。

　慢性疼痛学会、疼痛学会、繊維筋痛症学会、ペインクリ

ニック学会などの存在は私も知っているが、どんなことを学会として発表しているかの詳細については、会員＝医療関係者がお金を支払って会に参加をして会員にならないとその情報を得ることは難しく、まさに閉ざされているのが医学界。医療現場には間違いなく診療費の１割〜３割の患者負担があって国費で９割〜７割を負担していて、その中には患者が若いころに支払ってきた給料天引きの社会保険料（健康保険）、職業を卒業した方々の国民健康保険料から捻出されている。診療費は、国が決めているのはご承知の通り。医療情報提供書の内容を全く患者自身が知らないということこそが医療の最大の欠点である。雑誌を読むしかない。例えば「日経メディカル」など。このような情報誌は一般的なことだけ。症状の違いはやはり医療機関を訪ねるしかない。

　患者に開かれた場所はその何百倍もない。最近やっと“セミナー”という形で、しかも無料で疼痛についての医師による講義（？）が見受けられるようになった。負担は主催者である地方都市であったりする。つまり行政もやっと認識するようになってきていると思われる。

　ブログでは、〇〇病と闘っています、などの記事を目にすることもあるが、まさに開かれた医療こそがホントの医療ではないか。特に「疼痛」における医療の在り方がまさしくそうだと思うからだが、残念なことに疼痛を抱えている私はこの３年で病気が追加された。

大きな病気は「右腎動脈狭窄症」による腎機能の低下、があって一昨年カテーテル治療を受けて、ステントで血管を広げていただき、血が通うようになってすぐは、クレアチニンが1.7 → 1.2まで回復した。3年目にしてやっとカテーテル術が施術された。今も半年おきにクレアチニン値を中心に、エコー検査を受けている。クレアチニンの確認は、年齢を加味したeGFR値を優先してみるようにしている。そのように向けたのはSNSの投稿文で教えていただいたことだ。医者は言わなかった。もとになるクレアチニン値が同じでも年齢を重ねればeGFR値は下がる。腎機能が落ちると慢性疼痛薬に制限が出てくる。オピオイド鎮痛薬か局所麻酔（神経ブロック）しか使えないと腎臓担当医師は言う。

　ここへ至るまでに3年かかった。死ぬほど痛い目にあった。

　そのことは後で述べる。

　更には一昨年3月の春先に、左膝くずれを起こして歩けなくなり「左大腿神経麻痺」を起こしてしまった。こちらは何とか杖を飾り程度にもって歩くまでに至った。その前にも死ぬかと思うほどの経験をした。後述する。

　幸いなことに脳疾患ではなかった。病名を告げた脳神経外科病院の神経内科の先生は、少し歩けるようになった私を見て「もうやることはない」と言って診療終わり。まだよちよち歩きの私を谷底に落とした。ライオンでもそうはしない。

　左足の太腿に筋肉がつかないため、体がバランスを崩しながらの歩行が続いている。これがさらに疼痛を股間当たりか

6. 慢性疼痛を考える　● 63

ら下肢に広がるまでに至っているのかもしれない、と痛みの主治医は言うが明確にはわかっていない。

　また、【「慢性疼痛」という言葉を、患者目線でわかりやすい「慢性痛」という表現に変える 】とあるが、これには大きなからくりがある。
　以降の項目に大きな影響を及ぼすことが解った。あとで述べることにする。

　この著は、患者のことをこれだけ疑えるのか？と言うほど、患者の考え方とは大きく乖離している。
　そういう思いを、経験を、私なりに考察を加えていくことにする。

　その前に。
　これだけは知っておいていただきたい。

　「医師は病名をつけないと診療行為はできないことになっている」ということ。

　詳しくは調べてはいないが、医師の話なので間違いはない、と思っている。ですから○○の病名がついた、といって驚くことはない。終末期のガンなど、死に直結するような話でない限りは、そうなのか、と聞いて、説明を聞いてくればいい。

納得いかなければ調べてセカンドオピニオン・サードオピニオンを捜してもいいのだ。だからアタフタする必要は全くないことを知っておくべきだ。難治性はあるかもしれない、明確な治療法のない国が定める「特定疾患」の存在もあるのだから。とは言え、歩けなくなった者にさえ障害手帳を交付するに足る「医師の意見書」さえ書かない昨今、その道はむずかしいのかもしれない。

　ある日の休日の朝、左目が痛くてなんだろう、と思い心配になって救急診療所の眼科医を受診。ヘルペスかもしれない、として、休み明け必ず病院へいって診てもらうように、と言われたことに素直に従った。近所に総合病院がたまたまあってそこを受診。すでに診療所からは「塗薬」を処方された。目に塗る薬は初めて聞いた。同じ診断。1週間後再診。ヘルペスは治っていたらしく、「目が乾いている」として目薬を出した。何とか、という目薬を日に3回つけて1週間後の再診があったが行かなかった。

　1年後の今、何ともない。

　そんな2週間。最初の塗り薬が奏功したのかもしれないが行かなければそれだけの話である。

　加えて、入院の場合、「患者が望まない場合、医師は留め置くことができない」のだそうだ。

　先の記述で第1の死ぬかと思った経験は「激しい下痢」

6. 慢性疼痛を考える　● 65

だった。入院して検査半日、その後点滴の連続で死ぬかと思った経験にあったとき（事実、殺されると思った）、私は力を振り絞って歩いた。3日目朝、自主退院するために踏ん張った。入院する前から数えると1週間はたっていた。家に帰りオピオイド鎮痛剤を飲んだら、下痢も止まった。そういう効果もあることを知っていたので良かったと思う。入院していてもあまり処方されないこの薬、強オピオイド鎮痛薬（医療用麻薬）。痛み止めに多く使われるが激しい下痢の場合は感染症など他の病名が確定できない場合はぜひ扱ってもらいたい薬の一つだ。医療用麻薬の中で、モルヒネは確実に効くことを明記しておく。

　もし、医療不信で述べたような時期に処方されていたらばどんなによかっただろうことを思う時、感慨深いものがこみ上げてくる。

2）慢性痛症候群とは　の章

A. 痛みとは
【痛みとは、「不快な感覚、情動体験」である（国際疼痛学会：IASP）。
〈急性痛〉原因が明確で、発症してから3か月以内、病理学的には創傷修復過程で、予後が基本的に改善するが、再発もあり。

〈慢性痛〉画像所見などでも要因が確認できないが痛みが続いている状態で、予後が不明である。器質的要因がきっかけになることが多いが、心理社会的や精神医学的要因が複雑に絡んでいることが散見される。】

とある。

　もうすでに、この段階で答えが理解できる方々は賢明な方だと思う。精神医学に結びつける医療は日本の得意とする医療だ。

　先に「慢性疼痛」を患者目線で「慢性痛」と置き換えたわけがここに見受けられる。

　慢性を除くと「疼痛」と「痛み」に分かれる。広辞苑を引くと、両者は明らかに違う。

　「疼痛」は痛み、であって、「痛み」には心の情動がある、と書かれている。

　つまり、慢性疼痛を慢性痛と変えることで「心の情動」ととらえることができるのではないかと考えた。そうするとIASPのような定義につながってもおかしくはない。逆を言えばIASPの定義を裏付けるために置き換えた、と言っても過言ではないだろう。

　それを「患者目線でわかりやすいように」とするあたりがまさにこの著書の言わんとするところなのだと思う。

　一方は患者、一方は国際疼痛学会を引き合いに進めようと

するあたりはまさにこの著なのだと思う。

　ただ、IASP により 2010 年、「患者が痛みに対する適切な診療を受けることは基本的人権である」とするモントリオール宣言が採択されている。

＝＝＝＝＝＝＝＝＝＝＝＝＝＝＝＝＝＝＝＝＝＝＝＝＝＝＝＝＝

＊モントリオール宣言

『モントリオール宣言』（全文和訳）

　［患者が痛みに対する適切な診療を受けることは、基本的人権であるという宣言］

　我々、国際疼痛学会（International Associateion for the Study of Pain：IASP。64 の国及び、129 国の会員から構成される）の中心メンバーによる会議は、**世界中で痛みが十分に治療されていないことに対し、重大な注意を喚起する。**

　今日においても、ほとんどの国において、未だ、疼痛に関する治療は、不十分なままである。なぜなら：

・外傷、疾病、末期状態の疾患などに起因する急性痛に対しては、いまだ不十分な治療しか行われていない。また、慢性痛は深刻な健康問題であり、糖尿病や、慢性心臓疾患と同様の治療が必要である、という認識が欠けている。

・医療専門職が、痛みのメカニズムや、痛みに対する対処法についての知識をほとんど持っていない。

・診断名の有無にかかわらず、慢性痛は不当に取り扱われている。

・痛みの治療を健康問題ととらえて国策として適切に位置付

けている国はほとんどなく、したがって、研究や教育のレベルも不十分である。

・疼痛治療学は、研究と包括的な教育プログラムに基づいた独自の知識体系と明確な臨床的視野を備えた独立した専門分野である、と認識されていない。

・おおよそ世界で 50 億人の患者が、激しい痛みに有効な薬剤（医療用麻薬）をほとんどあるいはまったく使用できない状況にあり、中程度～強度の痛みの治療が不十分である、と WHO は推定している。

・痛みの緩和に有効なオピオイドやその他の非常に重要な薬剤に対する様々な強い規制が存在している。

　そして、すべての人々の固有の尊厳を認め、かつ、**痛みの治療を差し控えることは由々しき間違った行為であって不必要で有害な苦痛を招くことになるという認識のもとに、我々は下記のことを患者の基本的人権として世界中が認めなければならない**、と宣言する。

＝＝＝＝＝＝＝＝＝＝＝＝＝＝＝＝＝＝＝＝＝＝＝＝＝＝＝

FB　2016 年 11 月　第 9 回日本運動器疼痛学会より一部引用
(https://www.facebook.com/2016JAMP/posts/957753414272871)
　ＦＢへの投稿であるが、6 年遅れで、日本に上陸したのか？

　更に、急性痛には期限があるが慢性痛には期限がない。
　「慢性疼痛」への移行は、3 か月が一つの目安にはなる。3 か月を超えて続く痛みこそ慢性疼痛としてとらえるべきは明

らかであるが、明確には答えていない。なぜだろうか。

　検索すると"3か月を超える痛みが慢性疼痛"とするサイトも見受けられるようになってきている。中には3～6か月とうたうサイトもある。

　痛みの分類では、経過による分類で急性痛・慢性痛にわけられ、原因による分類で、侵害受容性疼痛のほとんどが急性痛であり慢性痛に移行することも少なくない、としている。

　侵害受容性疼痛とは、コトバンクによれば、

　「骨や関節、筋肉や皮膚などが打撲や切開などの機械的刺激を受けたり、炎症などを生じておこる体性痛（体性疼痛）と、身体各臓器の障害や炎症に伴っておこる内臓痛に分けられる。体性痛は痛みの部位がわかりやすいが、内臓痛は部位が特定できない場合も多い」とされている。

　切開などの機械的刺激から考えるに、ここでいう侵害受容性疼痛の中には、手術や抜歯などが含まれるものと考えられる。つまり、医療者が提案した手術などの予後で慢性疼痛化することもある、ということにほかならない。

B. 疼痛診療について

　【 慢性痛の診療には、患者の背景（家庭生育、社会、学校、仕事など）をしっかり聞き出すことが大切である。慢性の痛みに苛（さいな）まれている患者は、心理社会的な要因、精神医学的な要因などが複雑に絡みあっていることが多い。健常者に比べ、家庭や仕事、貧困、社会的孤立などの問題を抱

えていることが高率で見受けられる。】らしいのだが・・・・

　さらに大きな違いがある。急性痛には感情の変化はあまり関係ないが、慢性痛に移行したことで、感情の変化が深く関連しているとされていることである。誰しも３か月も痛みが続くなど考えていない。治るものと信じている。それが長引けば長引くほどに、なぜだ、という疑問的な感情は誰しも感じるであろう感情ではないだろうか。

　こういったことが「心の情動」を解くカギとなることは言うまでもないが、痛みがあろうがなかろうが関係はないと私は考えている。「こころが痛い」などと称することは世間一般では多く使われることはご存じであろう。

　大学病院へ入院などした時に、家系を聞かれることがあって、更に家族の疾病履歴までも聞かれることもある。遺伝的なことも調べているものと思われるが、こと痛みに関しては何も聞かれたことはない、私は。痛みもまたそういうことが絡んでいるとすればどう説明できるのだろうか。一度でいいから、こちらが聞いてみたいような気もする。別に痛みだけに限った話ではない。DNA 鑑定でもすればいいのだろう。

　リウマチ疾患、膠原病であれば遺伝も考えられるが、それ以外には考えられない。

　人間生きていればいろんな悩みを抱えている。そのような患者の背景などあげればきりがない。診ている先生方にさえあるだろう。

6. 慢性疼痛を考える　● 71

【 過剰な疼痛行動や恐怖心、恨み、怒りの感情や破局思考などとして表出されるため、治療に難渋をきたすことが多い。

患者にとって"痛み"が重要な意味を持ってしまっているため、痛みに対する緩和を難しくしている。

さらに精神医学的な問題が顕在化することも良くみられ、神経障害性疼痛が認められる病態でも薬物療法が無効であることが多く、病状に準じた治療を行うことが必要である。】

破局思考とは何か？

ここでいう破局化とは痛みに対して注意がとらわれることや無力感、そして痛みの脅威を過大評価することで、痛みがあるために何もできないと思うことで難治化の原因であり認知過程の一つとされている。心身医学的な考え方でもある。

患者にとって、慢性疼痛は疾病の一つだが、「治りたい、治してほしい」と願うのは、どの疾病であれ、どの環境であれ至極当然なことである。それを難しくしている医学界で、結局のところ治療できないのではないか、とさえ思ってしまうのは行き過ぎなのだろうか。破局思考でもなんでもない。

SNSに投稿された疼痛の期間でいえば、3、4年は当り前、5年、10年、中にはそれ以上の方々も多くいる。その多くが「難治性疼痛」と診断されている。

患者の多くは、泣くに泣かれぬ経験をもっている。中には「ほんとに痛いのか」などと聞かれる方もいる。確かに中に

は「家族にも理解されない」と嘆く人もいるが、最初から孤立感があるわけではなく、痛みが続いていることで、家族にさえ理解不能であるがゆえに孤立感を覚えるのである。

　前後が、まったく逆なのはなぜか。すべからく、治らないのは患者の何か精神的なことなどで難渋するとすることがおかしいのではないか、と考えてしまう。気質的原因が見当たらないからと言って、すぐ精神的なことが問題、とするのは医療機関の得意とするところだ。私もかつてそうだった。

　反論は私にはできない、医学的な知識がないから。それこそ患者の心情を察するには、あまりに医学界の勝手な推論でしかないこともまた事実なのかもしれない。

　「医師は病名をつけないと診療できない」のが日本の保険医療。その仕組みを慢性疼痛に適用させるにはどうするのか、ということだとすれば合点も行くが、疼痛治療を何か別の方向に向かせているのが気になる。

　背景の一つに挙げている貧困問題などは最近出てきた日本の社会的現象で、ひと昔前には問題にすらならなかった。特に農村に多く、出稼ぎで稼いでいたという事実を知らないわけはあるまい。

　貧困だからこそ早く治って社会に出て働きたい、と願うのが必然である。また、体を動かす職業の人が慢性疼痛にかかりにくい、都市部ほどかかりやすい、とする調査報告をあげているが疑問だ。どこで調査したのかにもよる。根拠が明確でない。

6. 慢性疼痛を考える　● 73

時にこういった調査は“恣意的”に行われる（あるいは恣意的に選ばれる）節がある。答えを持っていて、その為に調査範囲を作ってしまう（選んでしまう）、というもの。

　昨年、NHK の TV 放送で「東大の有名な教授論文に不正があった」ことが流された。驚くべき事実である。

　目的は研究費の捻出を国から助成してもらうためにそうしたということだった。

C.　疼痛における社会的な問題

【 疼痛における社会的な問題では、痛みに苛まれる（さいなまれる）とそのことばかりを考え、完治させようと、医療費・薬代が増え家計を圧迫する。

（慢性痛は）現在の急性痛の処置や治療方法では困難であり、本邦における社会的損失となっている 】

　至極当然のことである。急性痛期間の 3 か月以内では治らないのだから。むしろ 3 か月で治っていれば慢性化には至らず本人も苦しむことはない。3 か月が勝負なのだ、患者にとっても医師にとっても。

　ここでは以下の社会的損失コストをあげている。

　・医療費、薬代、代替え医療費の直接的コスト

　・欠勤、失業、生産性の低下の間接的コスト

　・測定困難な苦悩、QOL 低下などのコスト

　これら併せて 3700 億円と記述しているが 8 兆円とする論

文も存在する。

　なんとここでは、"保険医療の苦悩"を認めているではないか。

　3番目の「測定困難な苦悩によるコスト」はどうやってはじきだしたのだろうか。個人の苦悩などは計り知れない。痛みのほかに金銭的な問題がのしかかっていると言えよう。

　なんでも地元紙によると2016年度の医療費は41兆円強らしい（概算）。この原因は薬価を下げたから、と新聞に出ていた。2015年に世に出たガンの特効薬「オプジーボ」の値段は一人年間3500万円だった。百人のがん患者に投与した時点で35億円。ただすぐに「オプジーボ投与」とはいかず、そこへ至るには抗ガン剤投与から始めなければならなかった、と皮膚ガンを克服した、と昨年の年賀状に書いてきた友人はかたった。ということは、オプジーボで助けられたがん患者さんが何割いてそこへ行くまでどれぐらいの医療費がかかっていて＋オプジーボの投薬費用となるのだから、医療費がかさむのは無理もない話だ。こういった、投与の順序的なことも医療費の上振れ要因ではないかと思う。

　ガン性疼痛との比較は後で述べる。

　慢性疼痛の治療は確かに金がかかる。医師が理解していないし治せないからだ。

　私の場合でいえば、

　・8回／月の神経ブロック注射は2万4千円（6万4千円）
　・その他のみ薬で1万2千円弱（4万円）

6. 慢性疼痛を考える　● 75

合計すると3万6千円（10万円弱）かかっている）

12倍すると年額40万弱（130万円弱）。

　　　　　　　　　　＊カッコ内は医療機関に支払われる全額。

変動はあるがかれこれこの医療費を十余年支払っていた。この数字を知っておいていただきたい。

さらに交通費や食費などへも響いてくる。

慢性疼痛にかかる費用は一体いくらくらいなのだろうか？ある指標的なものがあったとして、それを超えて支払われているのを「社会的損失」というのであれば、そこを目指して奮闘すべきは医療機関であり医学界なのではないのだろうか。患者のできることは、ストレッチとかウォーキングなどに限られてくるのだから。

SNSではヨガや太極拳を行っているとの投稿もあった。私はある時期痛いながらもサイクリングを行った。

D. 慢性疼痛症候群とは何か

"日常生活の波状をもたらす最悪適応行動パターンに固定される"と称し、典型的な疼痛行動として、ドクターショッピングや検査を好み、どこまでも痛みの原因を追求するのが典型らしい。

最悪適応行動パターンとは、痛みに対して不安が生じ、増幅されて何もできなくなる、やろうとしても不安が勝ってしまって何もできない、この繰り返しだけで止まってしまうことの"パターン化"である。

この"不安を乗り越えれば痛みを克服できる"とでも言いたげだが、無理な話ではないだろうか？

　なぜその前に痛みを取り除こうとはしないのだろうか？はなはだ疑問。

　痛むところ、痛みの範囲、痛みの強さの違いもあろう。腰の痛みと、繊維筋痛症のような全身の痛みでは自ずと違ってくる。

　確かに私も「追求」してきた。しかし検査を好んだわけではない。むしろ疑問に思う。

　整形外科ならどこへ行っても同じレントゲン検査をするのはなぜか。

　大きな病院に紹介されると一からやり直し。さらに加えて必ずCTかMRを撮る。

　かかりつけ医で撮った、しかもよその医療機関に出向いて撮ったデータを、特定機能病院へ持っていくと「データ取り込み代」として診療報酬の点数として、300ポイントくらい請求される。紹介状がなければ500ポイントくらい請求されるから持っていったのに、そのポイントはなんだろう。検査なんぞ好んでいない。1ポイント10円である。

【 慢性痛は、生命に直接的にはかかわることではないが、疼痛行動であったり破局思考であったりするために、痛みが日常の中心となり、日常の生活における活動を制限させてしまう事例は少なくない 】

6. 慢性疼痛を考える　● 77

と結論的に述べているがちゃんちゃらおかしい。確かにそういうこともあるかもしれないが、なぜ痛みを診ないのか不思議でしょうがない。

痛みに耐えて、買い物にも行くし、軽いときには映画も観に行く。母親の病院の送迎と立ち合いもやっている。

もちろん痛みの緩和を求めて治療を受ける（治ってないから対症療法を受ける）ことは事実。

しかし、病態がわからない、と医師は言う。（痛みが）だんだん変わってきたことに対しては今一度考えなければならない時期に来ていると思っている。従前に行った治療では効かないから。

QOL（生活の質）も ADL（日常生活動作）も普通だと思っているのは間違いか。

【 痛みが完全に消失することはほとんどないが、不安を取り除き患者の思考を変換することにより痛みがあっても日常生活が送ることを可能にすることで社会的損失が軽減され、また本邦の医療費削減にもつながっていくものと考えられる 】

としている。

やはり、この著『慢性疼痛診療ハンドブック』は「医療費削減が目的」の著でもあるのだ。理解はしていたがこの章の最後の方に出てくるとは。

なぜ医療費が高いのかを考えたりもした。患者のドクター

ショッピングだけが問題ではない。なぜそうなるのかをよく考えていただきたい。保険適用や医療行為の単価もあろう。

　この著に掲げられている図や表は各エキスパート（寄稿した先生方）がすでにスライドベースで発表した内容なので、恐ろしい速さで世に出回っているのではないか、とも思う。

　私は2年と3か月全く痛みのない生活を送ったことがある。後述するが、「全く痛みが消失しない」ことはない。保健医療審査機関やそれを決める機関（厚労省？）が痛みに対する適切な策を講ずれば間違いなく、慢性痛は消失できうるものです。

　多少痛みが強くなっても不安や恐怖はなく、またか、という感じにまで落ち着いている。ただ、大事な行事、例えば法事などへの出席するときは確かに大丈夫だろうか、と不安にかられることはある。

　「思考を変換する」とは、まさかパソコンでもあるまいし、そんなに簡単に人間の思考を変えられれば何もこんなに「慢性疼痛」を長く患うこともない。そもそも人の思考はそう簡単に変換できるものではないと思う。

　そうではないから苦労してるだけなのだ、医者以上に。むしろ、痛みが発生して思考が変わり、それをもとへ戻すことの難しさは並大抵ではない。そこへの介入こそ医療機関の役割ではないか。

　いよいよ治療の話が出てきた。

E. 慢性痛治療の考え方

【 慢性痛治療においては、**痛みを消失しなければならない**
という考え方を排除し、痛みがあっても生きがいのある生活
を送れるようにすることに重点を置く 】

　としている。

　また、ガンの緩和医療のようにチームによる医療が望ま
しいともされる。

　薬剤師、理学療法士、作業療法士を含む医師・看護師以外
の医療従事者すべてで治療にあたるものの、残念ながら痛み
を消失させることを目標としない、と明言している。

　総合病院ではチーム編成も成り立ち、患者の移動もスムー
ズにいく。しかし、個人病院はそうはいかない。どうしても
単一診療科とならざるを得ない側面もある。加えて、総合病
院は予約制が主流で、当日の複数科の予約が可能かどうかは
疑問が残る。患者の負担が大きい。

　もし突出痛があった場合の対処が難しい。救急車でいかな
い限りは無理に等しい。

　救急車で運んでもらったとしても、「痛み」を理解してい
ない医師が当直だったりすると、適切な処置をしてもらえな
いこともありえる。

　私も休日のある日、あまりに痛くて、幸い近所にある総合
病院へ救急搬送してもらったが、日直医が「私は心臓外科だ
から何もできないよ。まず心臓のレントゲンとろうか」には

じまりX線室から帰ってきたら、

「心臓は何ともないね。ボルタレンでも肛門から入れてみる?」従いました、救急で搬送された手前。しばらくして、横になったら幾分和らいだ、8が7くらいまで。そして自宅に帰った。ほんの少し(1〜2程度)緩和されてもだいぶん違う。ボルタレンを使うと効くことがわかったが、腎臓のことを考えると使えないのが残念だ。

SNSには「救急車で来たにもかかわらず何にもしてもらえなかった」と、泣く泣く帰ったとの投稿も見受けられた。これが現実。おそらくこの患者さんは無にしてほしいはずではなかったはず。少しでも和らげてもらいたい一心で救急車を選んだのにだ。私もそうだった。

「痛みを無くすことを排除」して、果たして、患者のQOL、ADLが上がるのかは疑問だ。

痛みを無くすこと、あるいは緩和することに対応できないのだろうか。

患者個々人にとって、「生きがい」はそれぞれ異なる。そのことを考慮して治療に当たることができるとは到底思えない。

QOL、ADLもまた、年齢、家族構成、職業など様々。すべてフォローすることなどできないに等しいのではないだろうか。医学的な見地で美辞麗句並べても患者には通用しない。

痛みが取れて、あるいはせめて半分、1/3になって、初めて嬉しいと思うのが患者の人情。QOLもADLも格段に上がるのはいうまでもない。

6. 慢性疼痛を考える ● 81

仕事をできなかった慢性疼痛患者が、痛みが緩和され働いている姿も私は知っている。多少高い薬であっても働けているから、薬代も払えるし、生活も成り立っている。根治はなくとも対症療法、薬物療法で対処できているからQOL。ADLも各段に上がっている。

　「そのうち根治できるようになるよ、死んだらな」と友人は笑う。

　慢性疼痛の種類は多くあるし、顔も患者によって異なる。慢性疼痛と診断された人、あるいは「難治性疼痛」と診断された人それぞれの慢性疼痛がある。その種類は計り知れない。
　医療現場がはたして追い付いていけているかどうか、疑問だ。とても２時間待ちの３分診療では治せないのも無理はない。心理的要素を探ろうなど程遠いのではないか。
　また、医学界がいくら叫んでも、医療現場に降りてこない限り、つまり診療に当たる医師がそのように理解しない限りは夢物語に過ぎないのではないだろうか。
　医療現場に降りてくる仕組みを考えることが先ではないか。
　そんな中でも日々痛みをとろうと頑張ってる個人病院がある。彼らの頑張りをどう評価するのか。助成も何も受けていないで頑張っている彼らをご存知か？
　さらに。【 慢性痛は体つくりと心のケアを含めた教育でよくなるケースが多い 】とする。診療から教育に変わってい

る。もはや破滅的としか言いようがない。

　そして、今一度国際疼痛学会のモントリオール宣言を思い起こしてみよう！（p68）こういった治療の考え方が適切なのかどうか？

（引用：愛知医科大学学際的痛みセンター　牛田享宏教授　寄稿）

3）治療に難渋する慢性痛患者とは　の章

Ａ．治療に難渋する慢性痛患者とは

【よくならない患者
　①診療に対する不満や要求が多い患者
　②医療者の指示や約束を守らない患者
　③コミュニケーションがとりにくい患者 】
などをあげている。

　まさに医療者にとって嫌な患者で、あくまで医師の感ずる主観そのものである。

　私もいろいろ要求する患者である、とは思う。話し合って治療したいと思うからに他ならない。が、医療者はその多くを嫌う。指示に従っていれば間違いない、とする「風潮」は今でもあるのだろうか。

　もしそうだとするなら、こと慢性疼痛患者にとっては不幸な話だ。昔風にいえば「治るものも治らない」のでは？と思う。

6. 慢性疼痛を考える　● 83

【　治療に難渋するというのは医療者の主観であるが、上記のような患者の場合、医療者は苦慮感を感じ、患者への対応はどうしてもネガティブになりやすい。そのような医療者の行動は患者の治療意欲を削ぐことにもつながり、相互に悪循環を引き起こす。

　難治性の慢性痛は患者自身の問題であると同時に、医療者の対応や行動によって形成される部分もあることを忘れてはならない。

　医療者は、治療を難治化させている要因を冷静に分析し、適切な対応方針を立てたうえで治療に反映させることが重要であり、また行動できる訓練をつむことも重要となる。　】

　実に同感である。

　医療者だけが主体性を持つべきは日頃の鍛錬と医学的知見の蓄積、現場の医療者・患者への放出ではないか。

　コミュニケーションの取り方もまた重要なファクターである。診療医の一言一言を真剣に聞いている患者の思いをぜひ汲んでいただきたい、そう願うばかりである。

　私の若いころは「俺に任せとけ」的な医療者が多かったように思う。

　今ではどうだろう。治療1、2、3とあるがどれにしますか？的な医師が多い。

　私なら「先生ならどれにしますか？」と尋ねるであろう。

昔の医師であれば2でいきましょう、と提供・実施してくれた。それに従っていれば治った、多少の苦痛はあったにせよ。

　ある日私は、のどに違和感を感じて近医を受診。すぐに少し離れた総合病院を紹介された。
　初診のあと、「1週間、朝晩点滴に来れるか」と聞かれ「ハイ」と答え、まずそのあと点滴。30分程度。内容は説明されなかった。朝・夕2回緒点滴、車で片道20分くらい。そして1週間後。再診。「やっぱりなぁ」と医師がいうと何か道具でウミみたいなものを取り出した。なんでもわざと腐らせて菌を集中して増殖させて取り出したらしい。
　従っていて良くなった例だが、痛みもこんな具合にならないか、と思う。医師に従っていれば治った。
　今は従っても治らず、ただの医師の押し付けにしか聞こえてこない。これでは素直になれというのも無理な話だ。とにかくおくれている、の一言でしかない。

B.　治療に難渋する要因
【●精神心理的要因
　●環境要因
　●治療要因
　などがあげられる 】

比重的に、精神心理的要因の説明が、病状を多々あげてい
る。いかにそのことが重要か、ということだろうが、多くの
疼痛対応医療者がそういった精神疾患状態にあるかどうか判
別しているのかは疑問だ。
　身体的要因で「修復困難な組織の損傷による筋力の低下」
とあるが、組織をとって顕微鏡で観察でもするのだろうか、
それとも年齢をさしているのか。

　医療者＝主に医師に期待してはいけないのか。誰だってこ
こへ行けばきっと治る、と思う患者は多いのではないか。そ
れにこたえられない医療者によって、不安や不満が高まって
いくことは自然な話なのではないだろうか。慢性疼痛に限っ
たことではないと思う。

C.　身体的要因
【　①神経障害性疼痛
　　②組織の退行性に伴う痛み
　　③虚血の痛み
　　などがある。　】

　ここで出てきたのは「神経障害性疼痛」だが、私も一時期
そう診断された。医学的には単純にはいかないらしいが、末
梢神経の損傷検査などは受けたためしがない。私の場合は
「座ると痛い」なので「筋肉の問題→神経」と称する整形外

科にかかっている。

　ちなみに、この「神経障害性疼痛」こそが一番痛い、とされる。ビリビリとしびれるような強い痛み。時に、デングリがえるような痛さで耐えがたい。

　人体の神経の総延長は72km、中枢神経に始まり末梢神経に終わる。お互いが電気信号のやり取りをしている速度は400km／毎時と超高速。そのどこかに、あるいは伝わり方の障害など素人には全く理解しがたい。

D.　精神心理的要因　Ⅰ～Ⅳ

　具体的考察に入る前に、身体的要因は1ページなのに対し、精神心理的要因は4ページに渡っている。

　個人的には、「精神的なもの」として受け入れられなかった事実もある。あまり信ぴょう性がないので割愛することにする。少なくとも私はまともだし、精神科を標榜する神経内科医に言わせれば、「ただの神経症」とお墨付きを得ている。要は気にしすぎ。明らかに「痛い」こととは違うのだ。

　「診療費はいらないから」と整形外科医に失礼なことも言われたが、そういう問題ではない。**扱いにくい患者を精神疾患患者として排除する医師も多々いることを挙げておく。**

　また、初診時、お薬手帳を見せて、当時処方していただいた薬を見て「精神的なもの」とされたこともある。なぜそういった見解を示すのがわからなかったことがよく理解できる。

　それは先に述べた「うつ病」であった"既往歴"が尾を引

6.　慢性疼痛を考える　● 87

いてることだったのである。

　さらにここでは、「慢性痛の原因は心因性」とひとくくりにするのではなく」とある。これもまた事実なのだろう。私の場合確かに「サインバルタ」という抗うつ薬（痛みに効くと承認された薬）が功を奏しているのも事実だからだ。しかしこの薬は精神科では処方されない。なぜなら「うつ病ではない」からだ。

　もう一つ。「身体症状症」と名を変えた「身体表現性障害」について、ある精神科領域の先生が警鐘を鳴らしていた。以下、長文になるが引用する。（抜粋）

【 身体表現性障害の概要（特集身体表現性障害）

　宮岡　等　北里大学教授（精神科）日医雑誌第 134 巻第 2 号／ 2005 年 5 月

＝＝＝＝＝＝＝＝＝＝＝＝＝＝＝＝＝＝＝＝＝＝＝＝＝＝

<u>はじめに</u>

　ケースカンファレンスで研修医に鑑別診断を尋ねたとき，「身体表現性障害」という答えが返って驚くことがあるし，雑誌などにおいてすら「身体表現性障害という診断が付いた」という表現を目にしたことがある。言うまでもなく，身体表現性障害とは，いくつかの疾患をまとめた疾患群に対する呼称である。内科学でいえば「膠原病」程度のまとめ方に相当するのであろうか。個々の疾患の診断さえきちんとできれば，あえて「身体表現性障害」という呼称を覚える必要は

ない。

　かつて内科医は「自律神経失調症」という病名をよく用いていた。身体に明らかな病変を認めないにもかかわらず身体愁訴を訴える患者において，精神面については鑑別診断を十分に考えていないにもかかわらず診断が付いたような気になれるという便利さと心地好さがあったようである。しかしこの病名の安易な使用は，背景にあるうつ病などの精神疾患の鑑別をなおざりにし，時に身体疾患の厳密な鑑別さえ失わせてきた。最近，「身体表現性障害」という呼称をあちらこちらで目にするにつけ，「自律神経失調症」の二の舞になってはいけないと危惧する。

「身体表現性障害」という呼称を，診断基準を厳密に適用せずに用いることは不適切な臨床につながる。一方，「身体表現性障害」を適切に理解すればするほど，あまり臨床で役立つとはいえない用語であると分かる可能性もある。このようなことを考えながら，本稿では，周辺の概念との関係などを含めて概説する。

I. 身体表現性障害とは

1. 診断基準への登場

「身体表現性障害」という呼称が頻用されるようになったのは，アメリカ精神医学会が出した精神疾患の診断基準であるDSM-III（1980）からである。「神経症の消失の結果として

6. 慢性疼痛を考える　● **89**

現れたものの 1 つが身体表現性障害である」という点は身体表現性障害を把握するうえで重要である。

その後，「身体表現性障害」という呼称は，DSM-III-R（1987），DSM-IV（1994）2，DSM-IV-TR（2000）　などに引き継がれているし，WHO による国際疾病分類では ICD-10（1992）に初めて登場した。

2．DSM と ICD の記載

DSM-IV には身体表現性障害に含まれる疾患に共通の特徴として，①一般身体疾患を示唆する身体症状が存在するが，一般身体疾患，物質の直接的な作用，または他の精神疾患によっては完全に説明されない，②その症状は臨床的に著しい苦痛，または社会的，職業的，または他の領域における機能の障害を引き起こす，③身体症状は意図的でないことをあげ，これらの障害を 1 つの章（身体表現性障害）に集めるのは，病因またはメカニズムを共有していることを想定しているというよりは，むしろ臨床的有用性に基づくものであるとしている。ICD-10 にも類似の説明がある。

DSM や ICD などの診断基準では，病的と判断される状態は，個々の疾患の診断基準のなかに厳密に当てはまるものがなくても，どこかのカテゴリーに含めることになる。そのため「鑑別不能」，「特定不能」，「他の」などという残遺カテゴリーや今後診断が確定するまでの診断保留を意味するかのような呼称が採用されている。

細かい用語の違いはあるが，DSM と ICD の主な相違点は，①転換性障害が DSM-IV では身体表現性障害に含まれるが，ICD-10 では別項目に記載される，②身体醜形障害が DSM-IV では身体表現性障害に含まれるが，ICD-10 では身体表現性障害のなかの心気障害に含まれる，③ ICD-10 で記載されている身体表現性自律神経機能不全が DSM-IV にはないなどであろう。

Ⅱ．身体表現性障害に含まれるという判断

1．身体表現性障害に含まれる疾患

　身体表現性障害は診断名ではないので，「身体表現性障害と診断される」という表現は適切でない。身体表現性障害に含まれると判断するためには，DSM-IV や ICD-10 において前項で取り上げた疾患のいずれかと診断されることが不可欠である。

2．併存する精神疾患（comorbidity）について

　ICD や DSM などの診断基準では，複数の精神疾患が合併している（併存 ;Comorbidity）と認める場合があり，たとえば DSM-IV では発作性に強い不安感を呈するうつ病患者には大うつ病性障害とパニック障害という診断が併記される。
　一方，個々の診断基準が併存するとは判断しない基準を示している疾患もあり，たとえば疼痛性障害（DSM-IV）の診

6．慢性疼痛を考える　● 91

断基準には「疼痛は，気分障害，不安障害，精神病性障害ではうまく説明されないし，性交疼痛症の基準も満たさない」，心気症（DSM-IV）には「そのとらわれは，全般性不安障害，強迫性障害，パニック障害，大うつ病エピソード，分離不安，または他の身体表現性障害ではうまく説明されない」と記載されている。

ICD-10 では研究用の診断基準である Diagnostic Criteria for Research（DCR）にその点が明記されており，身体化障害では「統合失調症とその関連疾患（F20-F29），気分障害（F30-F39），あるいはパニック障害（F41.0）の罹患期間中に起こっているものではないこと」，心気障害では「統合失調症とその関連疾患，気分障害の罹病期間中だけに起こっているものではないこと」という記載がある。このような除外基準は身体表現性障害に含まれる他の疾患でも記載があるため，個々の疾患の診断において十分な注意が必要である。

3. 原因のはっきりしない身体愁訴に対する診断

身体表現性障害に含まれる疾患を ICD や DSM に従って厳密に診断することは容易でない。併存する精神疾患まで診断することは難しいし，かといってそれを軽視すれば誤った治療につながる。

精神科以外の医師に最低限記憶しておいてほしいことは，原因のはっきりしない身体愁訴を訴える症例の診断において，

統合失調症，あるいはうつ病と診断される可能性がないかという検討だけはきちんとしておく必要があるという点である。原因のはっきりしない身体愁訴がいくらあるにせよ，同時に統合失調症やうつ病と診断されうる症状を有する場合はその治療を優先させる必要がある。

Ⅲ. 身体表現性障害周辺の概念

1. 心身症

心身症と診断するには2つの条件を満たす必要がある。第1は，身体疾患の診断が確定していることである。明らかな身体疾患がない場合は心身症と呼ばない。第2は，環境の変化に時間的に一致して，身体症状が変動することであり，たとえば仕事が忙しいときや緊張したとき，身体症状や検査所見が増悪することで判断される。

消化性潰瘍，気管支喘息，潰瘍性大腸炎などの身体疾患ではこの特徴を有する頻度が高いといわれるが，「気管支喘息は心身症である」という言い方は不適切であり，「この症例の気管支喘息の状態は心身症と判断される」と言ったほうが適切であろう。また，同じ症例でも，環境が変わるたびに身体症状が増悪する時期と，環境が変わってもほとんど身体症状が変動しない時期を認めることがある。この場合，「この症例の気管支喘息の状態は，この時期には心身症の特徴をもつ」と言えばさらに厳密である。

6. 慢性疼痛を考える ● 93

心身症と，あらゆる疾患は心身両面から治療すべきである
という心身医学の理念とが混同されることがあるが，心身症
を上記のように厳密に定義すれば，疼痛性障害などの一部を
除いて鑑別が問題になることはない。

2. 心気症

　日本の精神医学では，身体愁訴に見合うだけの身体的病変
がない状態や何らかの身体疾患に罹患していることを気に掛
ける症状を心気症状と呼んできた。また，身体疾患を認めな
いにもかかわらず罹患していることを確信し，周囲がいかに
説得してもその確信が修正されない場合を心気妄想という。

　ICD-10 の心気障害や DSM- IVの心気症はより狭義であり，
身体愁訴を訴える患者のなかでも特に「何か重大な病気にか
かっているのではないか」という考えに強固にとらわれてい
る場合を取り上げている。

　典型的な例では，「自分が癌ではないか」という考えにと
らわれ，執拗に検査を求める。適切な検査と医学的判断のも
と「問題がない」と説明されても，「癌ではないか」という
不安が続く。このとらわれに関連して患者は痛みやしびれな
どの身体愁訴を訴えることもあるが，患者の関心の中心はこ
れらの症状よりも，癌などの重篤な病気にかかっているので
はないかという心配に向いている。

　日本で従来言われてきた心気症に ICD-10 や DSM- IVを
適用すれば，多くは身体表現性障害に含まれるいずれかの疾

患と診断されると考えてよい。

3. 自律神経失調症

内科を中心とする身体科において，さまざまな身体症状を訴えるが，それを説明するだけの身体病変がない病態に対して用いられることが多かった。自律神経という身体面の異常とも聞こえる呼称のため，安易に用いられてきたのかもしれない。

筆者は，第1に自律神経症状がはっきり認められるわけではないため，第2に診断としてこの用語を用いることでかえって統合失調症やうつ病の発見が遅れる可能性があるため，この用語は用いないほうがよいと考えている。明確な診断基準があるわけではないため，このなかには身体表現性障害に含まれるいずれかの疾患だけでなく，統合失調症やうつ病まで含まれてきた可能性がある。

4. 慢性疲労症候群と線維筋痛症

以前，アメリカの有名ペインクリニックの看護師に会う機会があり，「まだまだ診断基準も曖昧に思える線維筋痛症という病名を，なぜあなたたちは積極的に使うのか」と尋ねた。彼女から即座に返ってきた答えは「精神疾患では保険が下りないから」であった。慢性疲労症候群と線維筋痛症をここで取り上げるのは議論も出よう。

精神医学は身体疾患で説明されると積極的な議論を挑まな

6. 慢性疼痛を考える　● **95**

い傾向があるが，両疾患とも精神医学からみると精神疾患との合併や鑑別に関する研究が少ないわりに臨床に広まったような印象を受ける。今後，精神医学からの厳密な検討が不可欠である。

IV. 身体表現性障害に含まれる疾患への基本的対応

　以下に，身体各科の医師に知っておいてほしい身体表現性障害に含まれる各疾患における治療の最大公約数的な部分を述べる。

　1．身体症状に関する説明

　身体医は当然ながら，患者の訴える身体症状に対して，①現時点での身体医学からみた診断，②今後の検査の必要性，③症状の原因として考えられること，④考えられる治療などを説明する。身体病変は全くないのか，軽度には認めるが患者の愁訴がそれに見合わないほど著しいのか，なども説明に加える。

　心理的問題に関する説明は，身体医の精神医学に関する知識量に準じて行う。身体表現性障害に含まれる疾患では，発症機序にまだ不明な点が多いため，説明は精神的な問題が関係している可能性があるという程度にとどめたほうがよい。不適切な説明は，その後の治療をかえって難しくする。

　2．身体症状に関する与薬や処置

内科であれば，原因のはっきりしない痛みに対して鎮痛薬を用いることがある。また，身体病変との因果関係がはっきりしない愁訴に対して，診断的治療の意味も含めて外科的処置が施行されることもある。これには，身体の異常所見によって自分の症状を説明し，治療を試みてくれるような医師を患者が評価するような傾向があることも関係するのかもしれない。

　身体表現性障害でみられる身体症状に対する与薬や処置がすべて否定されるわけではないが，実施する場合はその意義を正確に説明して十分なインフォームドコンセントを得る。不適切な説明のもとで身体への治療が実施され，症状が改善しなかったとの理由で精神科治療を求められることがあるが，治療は著しく困難である。

3．環境調整

　精神療法として特に有用性が認められているものはない。身体症状や日常生活の差し当たりの悩みを聞くのはよいが，性格や深い精神面の葛藤にはあまり触れないほうがよい。むしろ詳細に生活状況を問診し，対人関係，社会的・職業的環境と身体症状との問に関連が見出されるようであれば，そのような環境をできるだけ避けるように勧める。

4．薬物療法

　不安感や憂うつ感が強い場合は抗不安薬や抗うつ薬を用い

る。特に疼痛性障害では抗うつ薬が疼痛緩和にしばしば有効である。しかし，薬剤の副作用が新たな身体愁訴となることもあるため，副作用に関する説明が大切である。常用量よりも少量から開始したほうがよい。適応外使用になりやすい点にも注意する。

選択的セロトニン再取り込み阻害薬（SSRI）の発売などによって身体医が治療できる精神疾患の範囲が広がったかのように言われることがあるが，不適切な使用に出会う機会も多い。製薬メーカーの宣伝文句に惑わされず，自ら先行研究の結果を確かめて用いるか，専門医に相談することが求められる。

5. 専門家間の紹介と連携

身体表現性障害に含まれる疾患では心身両面に問題があり，また，しばしば複数の身体症状を有するため，各専門家間の連携が不可欠である。担当する医師は十分な連携をとらねばならない。

精神科医に紹介する場合に重要な点は，「身体医の専門外のことを他の専門医に相談する過程である。身体科でも引き続き並行して経過をみる。紹介先の精神科医とは連絡がとりやすい。

憂うつ感や不安感が身体症状を増悪させうる」などを患者に十分説明することである。特に身体科の医師が「あとは精神科医に任せたから」と患者に告げ，自ら専門家間の連携を

絶つことは医学的に誤った判断であるし，その後の治療阻害要因ともなる。

　紹介先は精神科，心療内科のいずれにしたらよいかと質問されることがある。精神症状への対応を求めての専門家紹介であるから，精神症状がいくら重症になっても対応できる医師にすべきであろう。精神症状が重症になったとき，紹介先施設がさらに別の施設に紹介することになると患者の精神面への負担が大きい。筆者は心療内科よりは精神科，精神科のなかでも精神保健指定医の在籍する施設への紹介が好ましいと考えている。そのなかでさらに身体科の医師と良好な連携のとれる精神科医ということになると，適切な精神科医を見つけることはそれなりに難しい作業かもしれない。

<u>おわりに</u>
　身体表現性障害について概説した。
1．身体表現性障害はいくつかの疾患をまとめた呼称であり，診断名ではない。
2．身体表現性障害には身体化障害，疼痛性障害，心気障害，身体醜形障害，身体表現性自律神経機能不全などが含まれる。
3．臨床では身体表現性障害のなかのどの疾患であるかを診断することが重要である。
4．身体表現性障害に含まれる疾患の診断では併存する精神疾患の診断が重要である。
5．身体表現性障害に含まれる疾患への基本的対応として，

6．慢性疼痛を考える　● 99

身体症状に関する説明，身体症状に関する与薬や処置，環境調整，薬物療法，専門家間の紹介と連携などに適切な配慮が求められる。

文献：

1）American Psychiatric Association : Diagnostic and Statistical Manual of Mental Disorders. 3rd ed, APA, Washington D.C., 1980.

2）American Psychiatric Association : Diagnostic and Statistical Manual of Mental Disorders. 4th ed, APA, Washington D.C., 1994.

3）World Health Organization : The ICD-10 Classification of Mental and Behavioural Disorders : Clinical Descriptions and Diagnostic Guidelines. World Health Organization, 1992.

4）World Health Organization : The ICD-10 Classification of Mental and Behavioural Disorders : Diagnostic criteria for research. World Health Organization, 1993.

5）宮岡等：『内科医のための精神症状の見方と対応』より「心気症状の見方と対応」医学書院，東京，1995; 65-75.】

＝＝＝＝＝＝＝＝＝＝＝＝＝＝＝＝＝＝＝＝＝＝＝＝＝＝＝＝＝＝

　第1には、米国本土でさえ、精神疾患では保険が下りず、「線維筋痛症」という名の身体疾患では保険が下りるとのもとで診断が下されるとの事実があった。エビデンスによるも

のではないということ。時に、制度上（？）から診断名がつく場合がある。病院に診療費が確実に入ってくるからだ。

第2に「身体表現性障害」は診断名ではない、ということ。

緊急性を求められたときに曖昧な表現の障害では処置が間違われる可能性が高いこと。

第3に、内科医のよく使う「自律神経失調症」的な使われ方をしないかという懸念が示されている。

つまり、いまだ治療の確立されてはいない病態の「診断名」だけが重要視されている、ということではないだろうか。専門的にはほかの知見もあろうかと思う。

したがって、慢性疼痛は精神医学的には「身体表現性障害の疼痛障害」が正しい診断名であるのかもしれない。

宮岡 等教授の医学雑誌への寄稿はある整形外科医（加茂診療整形外科）の発見したものである。

こうして日々痛みと闘っている医師のいることも忘れてはならない。

前述したが、よくよく考えてみると、医師の診断名には、患者としてはあまり固執しない方がいいのかもしれない。

慢性疼痛の場合は、医師も理解できていない、ととらえておく余裕さえ必要かもしれない。たまたま診てもらった医師がよく理解してくれていたので助かる、というケースがあるのかもしれない。偶然である。

＊「身体表現性障害」については Wikpedia にも掲載されて

6. 慢性疼痛を考える　● 101

いるのでぜひ参考にされたい。と思い2017年7月現在の掲載にはあるていど細やかに掲載されていたが、今現在は詳しくは掲載されていない。私が記憶していることで言いたかったことは、「薬物療法について、疼痛障害には第3世代にも有効と考えられている」といった記述で、つまり現在においては有効な手段がないことを意味しているのではないだろうか？ということだった。

　多くの場合、医師側が（治療が）達成されないなどと自らの限界を認めるにはまだ早い。治療するのが医療機関の責務であろうことに変わりはない。多くの医師は漠然と医師を志望したのではないはずだ。親族や友人の苦しみ、そして人の死亡に直面して医師となった医師も多いだろう。国家試験の難関をとおり、慣れない医療現場での実習。
　その志望を捨てないで、日々研鑽し、診療に当たっていただきたい、と強く願う。
　患者が喜んで診療に見合った金銭を支払えるようになっていただきたい。そう思うのが普通ではないだろうか。ボランティアでやって欲しいとは思っていない。分析することも大切だろうが、新しい論文でも探すなり、日々勤勉してほしいと願う。
　ましてや、少なくとも私は、疾病利得など考えたことはない。それ以前に治して、あるいは8ある痛みを2くらい、5ある痛みを1にしていただいて早く職について収入を得たい

102

ものだ。

　身体的要因についてはわずか1ページ、精神的要因には4ページもさいて解説するあたりはまさしく前章の流れを汲んでいるものと思われる。

E.　治療要因

【 慢性痛に関連する環境要因のうち、**治療と関連するものは医療者の心掛けによって予防や早期対処が可能な部分が少なくない。**

　治療の技術的問題で、「医原性の障害」を起こさないことが重要である**ことは言うまでもないが、（中略）受診した医療機関によって説明が異なると患者は混乱し医療不信につながる。医学的に不適切な説明はもちろんのこと、症状や経過によって不適切な検査や治療も医療不信につながる。** 】

　として初めて「医原性の障害」を取り上げている。反省の色さえ見受けられる。

　つまり、

　①侵害受容性疼痛

　②神経障害性疼痛

　③心因性疼痛

　この3種類の疼痛すべてに「医原性の障害」がかかってくるのである。

6.　慢性疼痛を考える　● 103

F. 難治性疼痛の代表疾患と要因

【 難治性疼痛の代表として、脊髄外科手術後の疼痛（FBSS）、複合性局所疼痛症候群（CRPS）がある。要因すべて（身体的、精神心理的、医療とのかかわりあいなど）、関連を持ちながら影響しているので治療反応が乏しいことが多い。可能性のある糸口を見つけ、時間をかけて解きほぐす作業が必要となる。

オピオイドなどの薬剤の投入などの医療介入によって、社会復帰をより困難にする状況を作り出すことが少なくない。】

ここでいう「治療反応が乏しい」とは、つまり、改善がみられないことだろうと考える。そうすると何を言いたいかはよく理解できる。推察するに、よくわからないというのが実情だろう。身体的要因なのか、精神心理的要因なのか。前述したが２時間待ち３分診療ではわかるはずもなく、たいがいは「同じ薬で様子をみましょう」となる。これで例えば外来で、1250円（診療代）＋4000円（薬代）も取られた日には「損してる」と思うし、何よりも「痛みを何とかしてほしいのだが・・・」と、とらえるのが患者心理的には普通だ。時間もお金ももったいない。ところが病院側は一人およそ1250円＋α（投薬料など）当たりの収入が間違いなくある。×患者数が総収入。薬局も薬代より「調剤技術料、薬学管理料、〇〇加算など」の方が高い場合もある。

ただ、時に、オピオイド薬の提供もまた社会復帰を困難にする場合もあることは事実である。薬は医師の処方箋があっ

て初めて機能する。医師なしでは薬の存在も患者にはない。

　オピオイド薬が「社会復帰を阻害する役割」を果たす場合があることについては後述する。

G.　機能性疼痛

【 線維筋痛症、慢性会陰部痛、舌痛症などがある。一般に諸検査では異常が見つからない。このような病態においては、治療の対象を症状の軽減よりむしろ日常生活機能におき、薬物治療や注射による治療に偏らず、むしろ効果に比較的高いエビデンスのあるストレッチ、有酸素運動、認知行動療法、補完代替医療などセルフケアを中心とした治療することが望ましい。現在これらの治療は普及していないが、医療制度上の環境整備が必要である。】

　とあるが、舌痛症などは食事がとれているのだろうか？と心配にさえなる。それでもセルフケアなどというのであろうか。早く痛みをとって食事がとれるようにはできないものだろうか。

　エビデンスのあるストレッチ、有酸素運動は誰が提供するのか。

　俗に「リハビリ」と呼ばれる訓練は作業療法士や運動療法士により具体的に提供されるが、その必要性を指示するのは医師である。残念なことに整形外科のある病院にも必ずしもある「診療科」ではない。むしろそういうところを削る病院がこの地には多く、社会福祉施設などには「リハビリ通所

6.　慢性疼痛を考える　● 105

サービス」として提供されている場合も多く目立つ。まして
や、衣服がこすれるだけでも痛くなる「繊維筋痛症」と診断
された方は動くのさえままならない、とSNSに投稿した方
がいる。

　私の母は「脊柱管狭窄症」で、右足ひざより下の疼痛が激
しく、薬物療法、神経ブロック療法の末、除圧手術を受け疼
痛から解放された。しかしその後のリハビリを適切に受ける
ことなく3か月の入院期間を過ごし、「探す」といった執刀
医の言葉を信じて待ったが「受け入れ病院が見当たらない」
として、結局「デイケア」と呼ばれる福祉施設に通うこと
で、その後の運動機能をかろうじて維持している。信じた患
者が馬鹿なのか、その間母の体はどんどんむしばまれていっ
た。退院後体重が10kg程減った。原因はわからない。脊髄
をいじくったせいかもしれないと、かかりつけの内科医が言
う。そのあと同じ病院で「骨髄異形成症候群の疑いあり」と
して輸血療法にて回復した。もしあの時と思うと悔しい。

　諸検査で異常がないからといって、つまらない精神心理療
法、運動療法に移行する医療機関の姿勢は褒められるとはい
いがたい。比較的エビデンスのあるストレッチとは何なのか。
一度も教えてもらったことはない。ここでいうエビデンスと
は何なのか。一般的に医療分野で言われるのは「臨床結果、
検証結果にもとづく科学的根拠、あるいはこの治療法が良い
という証拠」などをさすはずである。

いわゆるリフレッシュが必要なのは理解できる。何もどこかへ行って日常を離れるだけがリフレッシュではない。外へ出て新鮮な空気を吸うだけで体にはいいはずだ。痛みに果たして効くかは私個人の考えなので何もエビデンスを持ってるわけではない。しかし個々人の工夫がその人にとってはエビデンスとなりうると私は思う。私にとってのリフレッシュは近所の川の土手を小一時間ほど歩くことであるが、最初は30分ほどだった。今では小一時間になっているだけの話ではある。楽しくてしょうがないのだ。行き会う方々は「こんにちは」「おはようございます」と声をかけてくれるし声をかける。写真を撮りSNSにUPする。それを日課にしているのが楽しい。小一時間は立っているから痛みは感じていない。川の流れに目をやればサギを見つけてみたり、魚がはねる音もする。注意散漫となって痛みを感じることがない。だから続けることができているのだろう。

　ただ、寒い冬場の時期はなかなか難しい。それでも暖かい日には歩いている。私にとってのエビデンスが取れているのではないかと思う。

　SNSに寄せられた中には「お風呂に入ると痛みが軽減する」と言っては、10回／日も入っていたという投稿も見受けられた。

　お風呂だけではなく、歌を歌うとか、太極拳をやっている人もいた。別にこれは医師の指導などではない、自らを鼓舞し見つけた痛みの軽減策なのだ。

科学的見地に立ってエビデンスというのであれば個々人に聞いてみたらいい。そういった分析も必要なのではないか。認知行動療法などと言わず「あなたにとってのエビデンスはなんですか」と聞いて公約数を見つけることも医学的には必要なのだと考えている。

　ちなみに「認知行動療法」は、かなり難しいもので、例えば日記を書いてみて1日の行動を記録し残す。この中でどんな時に痛みを感じなかったか、とか、何ができていたかを自分で分析するものらしい。それを精神科医がとことんほめる。ほめられるとうれしいからどんどんやる。この繰り返しらしい。精神療法の「支持的療法」なのだろうか？

　精神療法なので精神科にかかる必要があると言われている。しかし、この療法をやっている精神科医はこの地域には存在しないと、精神科の先生に言われたりする。なんでも、きちんとやるためには1万円くらいはかかるという。それだけ手間暇のかかる療法なのだ。

　さらに、「慢性疼痛の［認知行動療法］は、公的保険の適用範囲になっていないこと」が明らかとなった。

朝日新聞デジタル版2016年6月29日　13時46分　配信版
(https://www.asahi.com/articles/ASJ6Y2QBKJ6YUBQU004.html)

　保険適用になっていなければ「国の医療財源は軽くなる」。患者100％の診療費の自由診療ということになるであろう。

　精神科医も嫌うこの療法。本当に慢性疼痛に対してエビデ

ンスがあるのかどうか。実際やってみた人でなければ理解は不能だし、長い時間かけて効果が得られない場合はどうするのか、といった、あとのことも考えなければいけない療法なのではないかとも思う。それを医師がどう評価しているのかも知りたいところではあるし、始める前に確認したいところだ。

H. 治療に抵抗する慢性痛を予防する対策 ― 一般論と具体案 ―

【・痛みの原因となった病気やケガだけを見るのではなく、痛みを訴えている人間を診ること
・科学的見地と症状の乖離に注意し、早期に発見すること
・**痛みの自己責任**とセルフケアの考え方を治療計画に早期から導入し実践すること
・痛みの正しい知識を社会に普及させること
などが必要である。

具体的には
・過去に受けた治療の内容と効果を確認する
・環境要因を評価する
・精神科疾患の合併や認知機能を評価する
・手術する場合適応を厳格に判断し、期待できる効果と危険性について十分に説明し、患者がどの程度理解しているかを確認する
・安易に薬、注射、神経ブロックなどで解決しようとしない
・「動くこと」の重要性を教育し、主体性を重視したリハ

ビリを早期に導入することが重要である 】

としている。

　痛みに対する自己責任とは何か。理解不能である。

　流行言葉をとってそういうのであれば医学者としてどうな

のか。医療放棄にもとれる。

　つまり、医学者は痛みの理解が不能なのか、エビデンスが

取れないのか。よくこれで「痛みに寄り添う」などと帯（お

び）に書けたものだと思う。痛みを理解できないものに社会

に普及することなど到底できないと思うのが自然な反応では

ないか。科学者が普及できなくて誰が普及させるというの

か？　病院ではない。学会や医師会、薬剤師会、何よりも行

政に期待したい。ただ、誤った普及はすぐやめてほしい。

　人工的に痛みを作り３か月暮らしてみれば理解できるであ

ろう。私の主治医は痛みを経験してより患者さんの痛みに寄

り添えるようになったのだという。

　医学界は慢性疼痛を治療するのではなく、「動くことを教

育することを目指している」のは明らか。このことが痛みを

大幅に軽減すると確固たるエビデンスがあれば患者は喜んで

それに従うであろう。

　これでは、やはり日々痛みに向き合っている医師に対して

失礼ではないか。

　確かに、患者にその負担を求めれば医療費は削減できる。

それよりも、本邦の「医療費削減」ならば、早期に治療を完了することこそが医学界に向けられたことであって、そのことを患者個人としても望む。

私が過去投じた医療費は3万円／月ほど。3割負担で考えれば10万円／月が医療機関に支払われていることになる。過去10年で1200万円ほどの金額が医療機関に流れていることになる。うち私が支払った分は400万ほど。今の生活費の2倍に相当する額を支払ったことになる。自分のふところに入るお金は、さておくというのはいかがなものか。

しかし、解放された時期もある。

神経ブロックで3か月ほど。強オピオイド薬で2年ほど痛みを感じていない。特に神経ブロックにおいては、全くの無痛状態であった。その為この時期の神経ブロック費用2万4千円は全く無用。

強オピオイド薬は2万円／月くらいだったのでおよそ2/3の金額になり、無痛状態だった。

親戚のご不幸や法事などへの参列もできた。幼少のころ大変お世話になった方で、何があっても参列する気はあったが、痛みがないことで楽だったし多くの親戚ともあえてうれしい限りだった。

痛みのない世界がどれだけ素晴らしいものかを想像すれば医学界にとっても、患者にとってもお互いに win-win の関係

6. 慢性疼痛を考える ● 111

ができる。なぜそれに向かって邁進しないのか不思議なのは私だけだろうか。

　エビデンスが取れていて保険適用になっていれば、患者は保険料を支払っている限りは医療を受ける権利がある。だから医療機関の制限をしていない。国内であればいつどこで病に倒れても医療機関を受診することができる、これが保険診療の誇るべき制度。

　私はこの国に生まれてよかった、と思っている。

　幼少のころは肺が弱く体育の授業は参観の身であった。病院にも通った。診療費も払って、おかげで良くなった。小学校の先生が合唱部に入れてくれたことが大きな回復につながったものと思っている。

　患者で成り立っているのが医療関係者の暮らしなのではないか。医療費削減もいいが、かんたる治療方法を早くに見つけていただきたいと、患者の一人として切に願う。

　SNSの投稿を見ると、私はまだ軽い方で、中には激痛を感じながらも闘っている方がいて、医師顔負けの知識の吸収に務め、そして教えてくれる。これほどの知識をお持ちなのは、過去に8年あまりに渡る医療裁判に勝訴したことによるのではないかと推察している。患者にはいろんな「顔」があるのだ。

（引用：大阪大学大学院医学研究科疼痛医学寄付講座長　柴田政彦教授／滋賀医科大学　ペインクリニック科　安達友紀　寄稿）

4) 慢性痛では痛み以外の評価が重要　の章

　この章では主に「痛みの評価ツール」を紹介しているので、その紹介を主としていくこととする。

　おそらくは、「こんなの受けたことがない」と思われるツールがあると思う。つまり、問診を聞いて判断する医師は慢性痛の評価をきちんとしておらず、医師自身の独断で判断されている、ということになる。ここで紹介するツールを使って痛みを評価する医師こそ痛みのプロの医師と言えるのではないか。

　また、ご自分の治療がどこへ向かっているのかも確認できると言える。

【 痛みは主観的な感覚であるので、客観的にその痛みの評価を行うことは非常に難しい。そのため多くの痛みの評価は主観的な評価法に加え、様々な多元的な痛みの評価法がある 】

A. 痛みの主観的評価法

【 ①視覚的評価スケール（Visual Analog Scale）VAS

　0 ～ 100mmの線上に、患者自身が伝えたい痛みを伝えるのに適したメモリの部位を選ばせる。

6. 慢性疼痛を考える　● 113

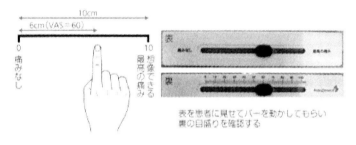

②数値化評価スケール(Numerical Rating Scale) NRS
患者自身に痛みのレベルを数値化してもらう

③言語評価スケール

患者自身の痛みを0から10の11段階を口頭で話してもらうこと。

④表情評価スケール(Fase Raiting Scale) FRS

患者の痛みの強さを顔の表情で選ぶ。】

　私が目にしたのはこのFRSだけで大体は左から3番目〜

5番目をさしていた。

　2つの病院のみで実施されていて、裏返すと痛みの強さが数値化されているものであった。

　以上①～④までが基本的な痛みを客観的に、簡単に診ることのできるツール。特に③は口頭で話すことができるので双方にとって至極簡単。

　これすら行われていない医療機関、もしくは医師に出会ったら、痛みに理解の無い医師と思わざるを得ない。相当の我慢を要求されてしまうことが多いのではないかとさえ思う。

我慢はもはや「美徳」ではない。

　こういった直接的痛み評価スケールのほかにも内因的なことでさえ客観視できるツールが多くある。

　実に様々なツールがある。つくづく関心のあるものばかり。見えない痛みや心の問題、環境要因を数値化して患者の胸の内を客観視しようと努力する医療者、医学者の姿がここにはある。

　残念ながらこういった「評価」をされないままこの日に至っている。

　疼痛を扱う医療現場では、ぜひ、こういったツールを活用して患者の心の奥深くまでを検証していただきたいと願う。私は出会ったことがない。

6. 慢性疼痛を考える　● 115

この章では、慢性痛を明らかに慢性「疼」痛と表現しており、後者の方がまさに私も訴えたい「疼痛」なので、ここでは、諸検査・評価でさえ慢性疼痛の表現が使われているところも何か所も見受けられることから、2章、3章の慢性痛の表現は、決めつけの表現ととらえられても仕方のないことではないだろうかと思う。

　どこかの病院で、いきなり「慢性痛です」と言われた日には遅い。これから始まる長い苦しみを患者は負うことになってしまう。また、「心の情動であるがゆえの、本来施術すべきことや投薬の行われない、心理療法が始まるのではないか」と危惧している。
　しかしながら、慢性痛の意味は理解できたし、様々な尺度・評価も現実的にあるわけなので、単純に「精神的なもの」と評価せずに、このようなツールを使って客観的に疼痛評価してもらいたいと思う。
　患者自身もまた、こういった評価法のあることを認識しておいた方がいいのかもしれない。医療者にとってのツールもあることを認識しておくのもまた有効かと思う。

B.　―そこで我々（医療従事者）は―
【 あらゆる治療に抵抗する慢性痛を診る際には治療目標表の評価が重要となってくる。

質問表を使って多くの評価を行うこともある。

　―中略―

　チームで痛みの評価をして治療目標を共有することが望ましい。それぞれのスタッフの立場で評価することは、慢性痛治療のアプローチを考えるうえで非常に重要である】

　「あらゆる治療に抵抗する慢性痛」とは何をさしているのだろうか？　何をやっても良くならないということか？

　私は投薬が最初と思っている。

　私は前述した通り、"薬と酒で筋肉がおかしかった"と記した。実はこの時、膵臓を痛めて入院した。吐血したのだ。どこから出血しているのかというと、食道と胃の噴門部、つまり胃へのつなぎ目が切れている、と推測された。吐血した時に膵臓に負担がかかって膵液が体の中に飛び散り、「仮性膵嚢胞症」と診断された。その後の経過観察ではいずれ飛び散った膵液の嚢胞は消えてなくなるだろう、と希望的観測結果をいただいた。

　実はこの時、痛みのある場所を申し上げた。内科の消化器内科の先生だが、「リン酸コデイン１％から始めることが一般的だな」と言われたが、具体的な治療には進んでいなかった。惜しいことをしたものだと今では悔やむ。このように実は全く関係がないと思われる医師でも対応してくれる場合があることを覚えていただきた。リン酸コデインとは「中枢神

経に作用して神経の興奮を抑え、咳き、痛み、激しい下痢を抑える薬（薬剤サイトより）」とある。さすが消化器内科。きちんと対処できている。私はこの先生によってどれだけ救われたか、今でも名前はしっかりと覚えている。加えて、もう一方、噴門部の傷の修復に効果があるという飲み薬を処方していただいた先生もいる。このお二人の先生には感謝してもしきれない手厚い処置をしていただいた。

　私の行った「痛みの治療」については後述したいと考えている。いまだ痛みは感じている。

　繰り返しになるが、前述されているツールのうち、視覚的評価スケールに１回、顔表情スケールに１回、計２回出あったことがある。

　ちなみに理学療法士の役割は「痛みがあっても動いて問題がないこと、体を動かすことで痛みが軽減することを体感させる」ことだそうだ。医療現場では「リハビリ室」と呼ばれるスペースに彼らはいる。確かに、足を上下させたり腰を中心とした動きを促してくれたり、AKA療法なるものもあることは事実。

　AKA療法を受けたことがあるが、腰のあたりに何か刺激を与えているような感じではあったが、痛くもかゆくもない。なんの変化もなかったことを付け加えておく。

　リハビリに通うとなると大きなタイムロスになるし、マネーロスにもなりかねない。だからと言って自分だけで家庭

に戻ってやるのも続かない。

　したがって、この手の運動は強制的にやる＝やはりリハビリに通うと効果が出てくるとは思う。

（引用：八戸平和病院　麻酔科・ペインクリニック　石川理恵／順天堂大学医学部麻酔科学・ペインクリニック講座　井関雅子教授　寄稿）

5)「神経障害性疼痛」とは　の章

A. 痛みの分類・病態

【　侵害刺激（けがや手術など）が、末梢組織に分布する末梢神経終末に加えられた際起こる神経興奮が末梢神経を経て脊髄から大脳へと伝達されて認知される痛みを侵害受容性疼痛と考えられる。

　一方、侵害受容を伴わずに知覚される痛みは生態系の防御系としての役割を持たず、病的疼痛と総称される。病的疼痛の代表例としては神経障害が原因で自発的に疼痛が起きる神経障害性疼痛と非身体器質的な心因性疼痛がある。

　神経障害性疼痛は「体性感覚神経の病変や疾患によって引き起こされる疼痛」と、国際疼痛学会によって定義され、疼痛の訴えに対して疼痛範囲の神経解剖学的所見と体性感覚神経への病変や神経疾患の有無について評価し、それらが認められればさらに感覚機能の客観的検査を行ったうえで神経障害性疼痛であるか否かを判断する。　】

6. 慢性疼痛を考える　● 119

あえて単純に言うならば、侵害受容＝けがや手術などで起こる神経の痛み、生態系の病御系＝体が免疫異常と解釈し、神経障害が原因で自発的に起きる疼痛＝神経障害性疼痛、心因的疼痛の最後（国際疼痛学会の定義）が本項の神経障害性疼痛と呼ばれるものと思う。

【 神経障害性疼痛の定義と診断は、侵害受容性疼痛との区別をより明確にし、神経障害性疼痛に応じた療法（主に薬物療法）を選択するための参照とすることが目的である。侵害受容性／炎症性疼痛でも疼痛の重症度や遷延化日よって神経の過敏性が発言し神経障害性疼痛に類似した痛みの訴えを呈することがある。臨床的にはこれらの病態は混在しうるものであることも併せて理解しておく必要がある。 】

【 神経障害性疼痛薬物療法治療指針では選択優先順位が判断されている。

　鎮痛薬の強さは、複数の RCT（Randomized Controlled Trial ＝ランダム比較試験）に基づいて算出される number needed to treat（**NNT**）という、「**何人の患者を治療すれば 1 人の患者で 50％以上の疼痛軽減がえられるか？**」という確率論的な指標によって定量化されている。NNT の有効性の基準として 50％の疼痛緩和が一般的に用いられているが、

30％の疼痛緩和でも QOL の改善が認められ、患者にとって大きな意義を持つことから、NNT は絶対的に適切な指標とは言い難い。】

NNT による手法であることは覚えておいてもいい情報だとは思う。確率論的な指標で決められているとは驚きだ。しかも「絶対的なものではない」とされていることにはさらに驚く。やはり痛みを排除することを目標としていない。最低30％の疼痛緩和が目標なのだ。

ここから先が医療現場の医師の判断のしどころであることは言うまでもない。効くか効かないかは50％以下なのだから飲んでみるしかない。

大きな病院では（時に小さな個人病院）、診察時間が終わりに近づくと、背広を着てなぜか紙袋を持った人そこかしこに見受けられるようになる。おそらくは医師への薬剤メーカーの表敬訪問だ。先生方からその効果について意見を聞いているものと思いながらいつも彼らを見ている。こうやってより確実なデータの蓄積をしているのであろう。

つまり、世に出ている薬剤などの臨床試験は数少ない臨床データで初認されていることの裏返しだ。

言い方を変えれば、その〝元は患者の声〟である。新薬でいえばより間違いなくそういったやり取りがあるだろう。この国の新薬承認は「添付書」の内容の普段気にもしないこと

6. 慢性疼痛を考える ● 121

がきちんと隠されている。

　副作用の蘭を診ればおのずと理解できる。●●が何人、○○が何人、××が何人といったように書かれていて、その総計が臨床で投与された総人数である、と言い切るのは間違いだろうか。臨床人数は百人〜二百人にも満たず、千人などは見たことがない。

　SNSの投稿にも、主治医に「そんなはずはない」と言われた、との存在もあることの理解ができた。

　データが示している以上そんなはずはないと医療者が患者に対して言うのである。患者の悲痛な声よりデータ重視の傾向は今後も続くかもしれない。実に悲劇的な話だ。NNTによる手法で確率的に決められている薬剤の効果の実態があって、薬のデータそのものも研究数の少ないことが、本著でも指摘されていることを忘れてはならないのではないだろうか？

【 神経障害性疼痛に対する第１選択薬としては３環系抗うつ薬とプレガバリン（リリカ）とガバペンチン（ガバペン）／抗うつ薬SNRIのデュロキセチンが推奨されている。

　第２選択薬として１種類の神経障害性疼痛疾患に鎮痛効果の示された薬剤があげられている。第３選択薬にはオピオイド鎮痛薬があげられている。

　オピオイド鎮痛薬は複数の神経障害性疼痛疾患に対する鎮痛効果が示されているが、副作用とのバランスから第１選択薬としては推奨されない。

ガン性疼痛と異なり神経障害性疼痛に対しては、上限を経口モルヒネ換算 120㎎／日に設定し、疼痛増強時の屯用も原則として推奨されず定時使用を基本とする。】

　この章では、最後に選択されるべき薬剤として「経口モルヒネの 120㎎／日」に言及している。
　あくまで最後の選択肢なのでこれ以上はない、とここでは考えていいかもしれない。
　オピオイドとは、アヘンが反応し結合する受容体、オピオイド受容体にくっつくことができる化合物の総称。オピオイドは NSAIDs と違い、脳から痛みを緩和する。オピオイドは、脳から脊髄、脊髄から末梢神経に向かって痛みを抑制する経路の働きを増強することで、痛みの伝達自体を脳に伝えにくくし、その結果、強力な鎮痛作用を持つ仕組み。

　"強オピオイド薬の一つモルヒネ"は医療用麻薬。麻薬と聞けば何を考えるだろうか。私も経験がある。2 年間お世話になった。特殊薬なので色々な制約、資格の必要な薬で高額なのが頭を悩ます。だが効く人にはありがたい薬だ。ただ「麻薬」と聞いて尻込みする患者さんも多くいるのは確か。悪いイメージが強くあるからなのだと思う。悪いイメージだけで処方されない、あるいは断るのは大変残念なことだ。社会的にも嫌われている薬物である。私は「麻薬取締官」にも問い合わせた。答えは「医師が処方した医療用麻薬をなぜ取

り締まるのか？」と逆に怒られた。

　このことが「かえって社会復帰を阻害すること」につながっているのだと思う。

　後述する、厚生労働省の「医療用麻薬適正使用ガイダンス」を参照されたい。

　私のモルヒネ経験（強オピオイド）は具体的に後述する。

B. 認知行動療法の有効性

　この章でも、認知行動療法の有効性を記している。

　痛みが取れれば何でもできます。元の生活などすぐにこなすことができます。これが私の考え方です。

　「認知行動療法」に頼らずとも一般的な日常が痛みとともにあります。

　私の一番の苦しみは、「座った姿勢をとると痛むこと」なので、車の運転時が一番困ります。やってはいけないことですが、長距離を運転する場合に、オピオイドを多めに服用していました。それ以外は我慢です。

　私なりには、オピオイド治療薬を飲みながら（あるいは貼りながら）運動を再開してみたらいいんだろうと思っています。確かに酒を飲むと強く作用します。私は酒をやめました。酒か？　痛みか？と問われれば"痛みです"と答えるでしょう。

（引用：東京大学医学部付属病院　緩和ケア診療部　麻酔科痛みセンター
住谷昌彦部長／東京大学医学部附属病院　緩和ケア診療部　坂田尚子　寄稿）

6) 慢性痛治療薬の使い方・考え方　の章

A. 慢性痛における治療薬の選択

【 慢性痛の治療手段として薬物療法は非常に重要である。使用される薬物は多岐にわたる。 】

非がん性痛に適応のあるオピオイド鎮痛薬

	一般名(製品名)	用量(成人)	剤形
オピオイド配合剤／弱オピオイド	●トラマドール (トラマールカプセル)	25-40mg/日	錠:25mg, 50mg
	●トラマドール塩酸塩／アセトアミノフェン配合錠 (トラムセット)	非がん性慢性疼痛　4-8錠/日 抜歯後の疼痛　2錠/回(最大8錠/回)	錠:トラマドール(37.5mg)/アセトアミノフェン(325mg)
	●コデイン	20mg/回, 60mg/日, 以後症状に応じて増量	末 散:1%, 10% 錠:5, 10mg
強オピオイド	●フェンタニル貼付剤 (デュロテップMTパッチ, ワンデュロパッチ, フェントステープ)	他のオピオイドから切り替えて使用	MTパッチ: 2.1, 4.2, 8.4,12.6, 16.8mg ワンデュロパッチ: 0.84, 1.7,3.4, 5, 6.7mg フェントステープ: 1, 2, 4,6,8mg
	●モルヒネ (モルヒネ塩酸塩など)	内服:5-10mg/回, 15mg/日 注射:硬膜外2-6mg/回, 持続注入は2-10mg/日, くも膜下0.1-0.5mg/回	末 錠:10mg 注射:10, 50, 200mg 坐剤:10, 20, 30mg
拮抗性オピオイド	●ブプレノルフィン貼付剤 (ノルスパン)	通常, 7日毎初回5mg, その後は症状に応じて適宜増減(最大20mg)	テープ:5, 10, 20mg
	●ブプレノルフィン (レペタンなど)	心筋梗塞の痛みに適応	注射, 坐剤
	●ペンタゾシン (ペンタジン, ソセゴンなど)	心筋梗塞, 胃・十二指腸潰瘍などの痛みに適応	注射

（出典：［特定非営利活動法人］標準医療情報センター　慢性痛
　　　―現状とその治療―）

　上表はオピオイド鎮痛薬であるがいきなりそこへはいかない。

　第1選択薬としては、NSAIDs と呼ばれる、非ステロイド

性抗炎症剤である。

　炎症を抑える作用が強いことが特徴で、ロキソニン、ボルタレン、セレコックス、ロルカムなどが代表的。

　第2選択薬としてアセトアミノフェンで、高い安全性から小児にも適応がある。海外では4g／日まで認められているが、日本では1.5mg／日まで。

　第3選択肢がオピオイド鎮痛薬の使用となる。

　オピオイド鎮痛薬でも弱オピオイドと強オピオイドに分けられている。その中間的なものもある。

　繰り返しになるが、オピオイドとは、アヘンが反応し結合する受容体、オピオイド受容体にくっつくことができる化合物の総称。オピオイドはNSAIDsと違い、脳から痛みを緩和する。オピオイドは、脳から脊髄、脊髄から末梢神経に向かって痛みを抑制する経路の働きを増強することで、痛みの伝達自体を脳に伝えにくくし、その結果、強力な鎮痛作用を持つ仕組み。

　・弱オピオイド

　・強オピオイド（医療用麻薬）

　・麻薬拮抗オピオイド　　　　がある。（図を参照）

　　＊非麻薬性が麻薬拮抗薬と呼ばれるが構造が似ていることからモルヒネの代用薬でもある。

　特に強オピオイド薬は厳しい規制があり、処方する医師にも薬剤師にも「麻薬施用者の資格」がいる。患者の服用管理も重要となってくる。

慢性疼痛の強オピオイド薬の使用は、"他に選択肢がない場合"に選択されるべき薬剤でもある。

　それでも「（緩）和」鎮痛薬で突出痛には対応しないのが原則であるらしい。持続痛のみ緩和するとされている。

　一方でガン患者のガン性疼痛には突出痛も含めて感じなくすることが目標である。いわゆる無痛状態まで対応するとされている。

　これ以外に抗うつ薬（SNRI＝サインバルタなど）やプレガバリン（リリカ）、ガバペンチン（ガバペン）などの鎮痛補助薬がある。

　それぞれの作用機序が全く異なる薬剤である。

　痛み治療には抗うつ薬や抗てんかん薬を使う。何のために処方しているのかを「お薬手帳に明記」したらいかがと思うが、どうだろうか。

【 医療従事者は、上記薬剤について、最低限どのような薬物かを説明できることが望ましい。慢性痛は服薬期間が長期になることが多いことから、患者に対する影響が大きいためである。】

　よく、医師の机上にあるのが次ページのようなお薬辞典。

　薬の成分、効果、保険適用など情報が詰まっている。この辞書は患者が見てもさっぱりわからない。当たり前。細かい文字でびっしり書き込んである（のを見たことがある）。

6. 慢性疼痛を考える　● 127

薬価基準収載医薬品の数は、ある論文によれば2014年4月で約18000種あるという。そのうち慢性痛に処方される医薬品は残念ながら検索不可。

私の試した薬をあげてみても20には届かない。前ページの種類をあげても大きくは12種類。その他にどれぐらい入ってるかは不明。医師のみぞ知る。

新薬に敏感な医師がいる。その方が覚えやすいし、自分なりの検証もできるためだろう。こうして新薬の（外来）臨床データは集められると考えている。

慢性痛の原因となりうる重要な病態に神経障害性疼痛があるとされている。

【慢性痛には、発症機序によりいろいろな分類がある。最も重要な慢性痛の一つに神経障害性疼痛がある。末梢神経あるいは中枢神経の障害あるいは疾患によって生じる痛みである。痛みは、普通は、外傷など体に危険が生じることを知らせるアラームである。危険がなくなれば痛みも消える。しかし、**神経障害性疼痛は外傷など、痛みの原因が無くても痛みが続く状態である**。例えると体に危険を伝えるアラームが壊れてしまって、危険が起っていなくともアラームが鳴り続けている状態である。

・帯状疱疹後神経痛　⇒　ウィルスによる

・糖尿病性ニューロパチー　⇒糖尿病による血液障害・代謝異常・神経再生障害による

・神経根障害　⇒　椎間板やヘルニアや変形性脊椎症による神経根の障害

・脊髄損傷　⇒　外傷や疾患などによる脊髄の損傷

などが知られている。】

＊日本では「日本ペインクリニック学会」の「神経障害性疼痛薬物療法ガイドライン」を参照されたい。

「痛みは、普通は、外傷など体に危険が生じることを知らせるアラームである。危険がなくなれば痛みも消える」とある。

　このことから何らかの体の異常を痛みは伝えてくれている。危険の表れである。痛みを全く感じないということは異常のないことでいいことではある。だから、そういった意味あいでは、痛みを感じなくなったからと言ってあまり喜ぶべきことではないことでもあるので、その点で患者としては注意したい。徹底的な体の異常がないことを１度だけ確認すべきである。経過が良いと２度、３度と必要な場合もあろう。２〜３年単位でかまわないと私は思っている。

（引用：川崎医科大学　麻酔・集中治療科　西江宏行　寄稿）

6.　慢性疼痛を考える　● 129

7）神経障害性疼痛薬物療法　の章（抜粋）

A．慢性痛における治療薬の選択

【 慢性痛に対して治療薬を用いる場合に、最低でもガイドラインは知っておきたい。

　第一選択薬は Ca チャネルα２δリガンド、セロトニン・ノルアドレナリン再取り込み阻害薬、３環系抗うつ薬である。神経障害性疼痛は痛みが強く、しかも治療に抵抗性の高いことが多い。少しでも痛みを和らげる治療薬の存在は患者にとって非常に重要である。

　だが、それだけでいいのかをここで考えていただきたい。】

　としている。気になるのは〝痛〟と〝疼痛〟の混在である。最初に述べた通り「痛み」と「疼痛」には大きな違いがあることを再確認したい。ここでの処方薬に「抗うつ薬」があるが、仮に処方されたとしても、決してうつ病のためではなく、慢性疼痛のための処方であることを認識されたい。

B．神経障害性疾病の治療薬について知っておきたいこと

【 ガイドラインの推奨度だけで判断するのではなく、解説を読んだり、ガイドラインに引用されている論文を読む必要がある。ガイドラインを知っておくことは大切である。そのうえで患者個人の状態に合わせて、オーダーメイドで処方する。

加えて、どうなったら内服を終了するか、処方前から考えているであろうか。慢性痛は、治療薬を処方したからといって、痛みがゼロにはなりにくいもの。ある程度ゴールを決めておかないと、漫然と長期処方になってしまうのではないだろうか。更に副作用についても説明する必要がある。

　添付文書には非常に詳しく情報が書き込まれている、薬を処方する前に、ガイドラインと添付文書はぜひ読んでいただきたい。】

　こここそ最前線の医師の裁量に任せられるところだ、でも実に恐ろしいことが書いてある。

　薬の内容について、私は述べる立場にない。いえるのは「オーダーメイドな処方」と、「薬を処方する前に、ガイドラインと添付文書はぜひ読んで」のくだりである。

　まずは単体、そしてプラスか別の薬の処方になると思うのだが、本当にガイドラインと添付文書を読んでの処方なのだろうかと思うときがあった。添付文書は事細かに薬の成分や効力、時間などがきちんと書かれてあるのを見たことがあるが、果たしてそれだけでいいのだろうか、ということ。やはり医師には、地域のあるいは学会などの研究報告などへの出席を通じて情報を収集していただきたいのが一点と、特に開業医には、何か重篤な副作用が出た場合の対応をきちんと考えていただきたい、ということ。

　例えば、副作用を説明してあるからいいのではなく、そう

6.　慢性疼痛を考える　● 131

いう場合を想定して広域登録病院との何かしらの連携を考えておいていただきたい。もし、広域登録病院と連携が取れていないクリニックにはいかない方がいいかと思う。

　患者自身も、「何か重篤な副作用が出た場合、個人病院と休日などで連絡の取れない場合、どうすればいいのか」を確認しておく必要がある。

　それからもう一つ。「この薬を飲んだら、どれくらいの期間で、痛みがどれくらい良くなりますか？」と聞いておくべきなのは患者にとっては重要なことである。

　何せ神経にかかわることなのでお互い確認しておきたい。

　患者の役割は「効いたら効いた、効かないなら効かない」とはっきり医療者にいうべきことなのだろう。少なくとも私個人はきちんと話すことにしている。引き出しの無い医師はそこで終わる。

　そのことをドクターショッピングといわれる筋合いはないのではないだろうか。痛みが50％の改善を見れば相当の改善ではあるのだから。

　p129引用文は何を意味しているのか、といえば、薬の危うさかもしれない。そして薬物治療では慢性痛を扱う医師個人の采配に任されているという点である。これでは地域内格差、国内における格差が起きて当然だろう。

　SNSにも、「私の地域では（対応病院が）どこにもない」といったような投稿も見られた。一方では地元の医師を訪ね

て、遠くにセカンド・オピニオンを実行された方もいる。患者が動くしかないのが現状。慢性疼痛の医療体制も見直していただいて全国に、少なくとも都道府県に一か所は開設していただければいいのではないかと切に願う。最近よく「専門医」との表現を見たり聞いたりするが、行きたいのはやまやまでも行けない場合もある。そんなとき近くにあれば行ってみたい、と思っていけば、改善する場合も多々あると思う。ぜひお願いしたい。

やっと最近になって、「慢性疼痛」の管理や治療を行っているという病院・クリニックのサイトも増えてきてはいると思う。厄介なのは"おまとめサイト"であるが、このようなサイトの利用も時には便利であるが、たいがいはネット上での情報をまとめているに過ぎないので、ご自分で探す方が賢明な場合が多い。こここそ患者の自己責任が問われるところではある。

ちなみに私は、福島、名古屋、大阪と尋ね歩いた。福島は車で高速を使い1時間ちょっと。名古屋は新幹線で3時間ちょっとで前泊。大阪は新幹線で4時間ちょっとで前泊。安くはない交通費、宿泊費が余分にかかる。通うことは難しい。改善していい方向に向かえば仕事もできるようになる。そうすれば治療費も十分に払える。うまくいけば仕事もできる。そうすれば治療費も十分に払える、少なくとも私はそうやって臨んできた。ものの見事に失敗だった。しかしその心意気は今でも持っている。

6. 慢性疼痛を考える ● 133

ちなみに、福島は主治医の紹介で、名古屋はある病院の紹介で、大阪は自分で調べて受診した。

C. 自動車運転に関する注意（抜粋）

【 厚生労働省からは「添付文書の使用上の注意に自動車運転等の禁止等の記載がある医薬品を処方又は調剤する際は、医師または薬剤師からの患者に対する注意喚起の説明を徹底させること」という通達が出ている。患者にとっては、車がないと生活できないという場合もあるだろうが処方するのであれば説明が必要である。 】

　確かに、自動車の運転には注意するよう言われたこともある。
　SNS にも同様のことが書かれてあって、その旨を「この薬を使うと車の運転できないよ」と医師から言われて困っているようだったのは確か。中枢神経や脳に作用させる薬だから、添付文書にはそう書かざるを得ない面もあるのだろう。しかし、この『慢性疼痛診療ハンドブック』もまた、厚生労働省から予算をつけてもらって始まった研究者、公認NPO法人の先生方の執筆集なのだから、どこかではそういったことも書かないといけないと思っているに違いない。しかし患者として選択せよ、というのであれば間違いなく運転をして、いつもの生活をする選択をするしかない。痛い・痛いの繰り返しで注意散漫になるよりもよほどいいだろう。患者自身を天秤にかけさせるのは酷なのではないか。

問題は薬物の量ではないかと思う。どこにもそういった記述がない。××mg／日なら危ないとかそういう「物差しがない」のは残念だ。その昔、体重に対して何グラム的な薬があったと記憶しているが。

　それから、「任意保険会社」に聞いてみるのもいいかと思う。たとえば私の場合でいえば「強いオピオイド薬を使っても保証は下りるか？」といった具合で尋ねたら、答えはOKだった。ただし1週間の期間を要した。オピオイド薬の存在すら知らないのが現状ではないだろうか。

　私は2年間、医療用麻薬のお世話になった。もちろん事故は起こしていないし何ら支障はなかった。痛みから解放されて車で温泉旅行にも出かけるようになっていた。それほど運転が普通に戻れるのだ。痛みを気にせず運転できるのだから、かえって安全に運転できるようになることは間違いのないことだ。予想以上に効いても困るので、お酒はやめた。

　副作用については嫌というほど聞かされた。だから脳が覚えていてくれたおかげで、重大な副作用は起こさないですんだのだろうか。いずれにしろ薬を飲む限り、効果も大事だが「副作用」は患者としても抑えておきたいところだ。

D. ベンゾジアゼピン系薬物の危険性

【 慢性腰痛によく使われる筋弛緩作用を持つベンゾジアゼピン系、特にエチゾラム（デパス）は腰痛症による不安、緊張、抑うつ、および筋弛緩に対して保険収載されている。】

6. 慢性疼痛を考える　● 135

【2015 年の世界麻薬統制委員会（INCB）によると、ベンゾジアゼピン系薬剤は睡眠薬と抗不安薬に分けられている。睡眠薬は、プロチゾラム、エスタゾラム、フルニトラゼパムなどが含まれる。抗不安薬にはアルプラゾラム、ジアゼパムなどが含まれる。実に睡眠薬に関しては、日本は世界で最も処方量が多い国になった。

　ではベンゾジアゼピン系薬剤の何が問題なのであろうか。
　・依存
　・WHO では 30 日までに使用すべき
　・海外のガイドラインでは不眠に対して 14 日以内、不安に対して 30 日以内
　・自殺のリスク
　・せん妄
　・自動車の運転などをさせないように注意すること、内服の翌日でも（残存？）。
である。】（以上は要約）

　ベンゾジアゼピン系薬物は向精神薬で代表的な作用は抗不安である。筋弛緩、てんかん、睡眠薬。
　代表的な薬物ではデパス（エチゾラム）、ワイパックス（ロラゼパム）、睡眠薬ではロヒプノール（フルニトラゼパム）である。（薬剤師サイト）
　私もついこの間、とある病院の麻酔科を訪れ問われた。

「まず痛みの前に抗不安薬をやめなければならない」と。更には「加えてもはや依存になってしまっているから専門病院へ通いなさい」と。さも私が依存症だとでも思ったらしい。ここでも具体的な量は示されなかった。私は「デパス（エチゾラムが主成分）0.5mg」を夕食後、就寝後に飲んではいる。確かに朝は、30分くらいはボーッとしている。日中は飲まない。それですんでいる。自殺をしようなんていつかは思ったかもしれないが、今はこれっぽっちも思っていない。

　要するに、「薬が効いているときはいいけど、切れたときのアップ・ダウンがいけない」ということだった。それと依存性を問われたのである。痛み止めとの詳しい相互関係についての明言はされなかった。このての薬剤に敏感に反応する医師がいるが、名前だけを見て“量”を加味してくれない。0.5mgを2錠、1mg／日だ。

　今はやめている。しかし痛みは確かにわずかだが軽減していたようには思う。

　SNSでは、よく「痛くなったらデパス」との投稿も見られた。新しい発見だからといって、従前の患者を依存症扱いはやめてほしい、と思う、処方したのも医師だから。

　どうも医師同士がケンカをしているようにも見える。なぜ同じ見解が得られないのだろう。医師会も薬剤師会もあるのだから。

　睡眠薬は、精神科では当たり前のように飲まされる。デパスも整形外科の入院患者に処方されている、と聞いたことが

6. 慢性疼痛を考える　● 137

あるし、私も精神病院への入院で経験した。院を出たとたん「依存症」では患者をやってはいられない。

その医師は言った。「新しい情報を知らないからです」と。私の行った日にはたかだか十人もこない。ほかの時間で論文を読んでいるのであろうか。論文も確かに大事とは思う。それより大事なのは患者と向き合うことではないだろうか、と思うのが人情だ。

開業医は1日精いっぱいに患者さんを診ている、あなた方はなんですか？と思いながら診察室をあとにした。

どっかの街の病院の医師が出向状況だったとあとで聞いた。

E. まとめ

【慢性痛の治療は、時間をかけて行うべきである。

まずガイドラインに記載されている第一選択薬で、どのくらいの鎮痛効果が期待できるのかを知っておきたい。そして、第一選択薬となっているものであっても長期間の有効性に関しては研究がなされていないことを理解する方が良い。副作用も細かく知っておきたい。

薬は始めるのは簡単だが、止めるときのことをイメージしておくのが理想である。特にベンゾジアゼピン系は日本では諸外国よりも多く処方されていることを認識しておくべきである。】

としている。

138

まずやるべきは、慢性痛に移行する前に3か月未満で解消する労力が必要である。それ以外、ここは患者がどうこういうべきではないと考えた。

途中色々コメントしたが、あくまで患者としての私見を述べただけである。一人でも救おう、治してやろう、とする医学界の姿勢がまったく感じられない。エビデンスの検証、分析でしかない。まだそのレベルなのだ。結果が見受けられないのは残念に思う。その基は患者である。

この時間1秒1秒、多くの慢性疼痛患者が悩み苦しんでいることを忘れないでほしいと願う。

本著はあくまで医療者への著であることを忘れてしまった。しかしその先に見えるのは患者である。

（引用：川崎医科大学　麻酔・集中医療科　西江宏行　寄稿）

8)（慢性疼痛と）心身医学の3本柱　の章

【 私は身体科（整形外科）の医師として臨床を行ってきたが、多くの慢性痛患者の治療に難渋し、慢性痛に関する文献を渉猟した。それら文献の中で、特に心身医学の専門家の文献に非常に学ぶことが多く、心療内科グループの検討会に参加させていただき、そこでまず共感をはじめとするコミュニケーションスキルを教えていただいた。

次に自立訓練法、交流分析、行動療法は心身医学の3本柱

であるが、治療で手詰まり感が感じられるようなときにエゴグラムをとって、患者と共に考えるようにしたところである。

交流分析の言葉に「過去と他人は変えられない。今ここで自分を変えるしかない」がある。

慢性痛への診療へ応用するきっかけになれば幸いである。】

※エゴグラム：それぞれのパーソナリティの各部分同士の関係と外部に放出している心的エネルギーの量を棒グラフで示したものである。

この研究者（医療関係者）が渉猟した文献は11、うち日本人の書いた文献が10ある。心身医学的なことがもし、心身症とするならば、それは致し方のないところではある。

以下はWikipediaによる身心医学、心身症の定義である。

＝＝＝＝＝＝＝＝＝＝＝＝＝＝＝＝＝＝＝＝＝＝＝＝＝＝＝

「心身医学」は、元来ドイツで誕生した医学である。諸外国では精神医学の一分野との認識であり、大半の国では精神科の受診となる。

心身症とは、1991年の日本心身医学会による定義によれば、「身体疾患の中で、その発症や経過に心理社会的な因子が密接に関与。器質的ないし機能的障害がみとめられる病態をいう。神経症やうつ病など他の精神障害にともなう身体症状は除外する」である[1]。

しばしば身体表現性障害と混同されることがあるが、上記定義に照らし合わせれば心身症は身体疾患の診断が確定していることが必要条件であり、異なる概念である。

世界保健機関の『疾病及び関連保健問題の国際統計分類』（ICD）やアメリカ精神医学会の『精神障害の診断と統計マニュアル』（DSM）では心身症の病名は存在しない。

（＊ICD：WHO が作成した国際疾病分類）

（＊DSM：アメリカ精神医学会が作成している心の病気に関する診断基準）

＝＝＝＝＝＝＝＝＝＝＝＝＝＝＝＝＝＝＝＝＝＝＝＝＝＝＝＝

慢性疼痛と心身症との関係は国際的にはないし、日本独特の考え方であるにしても、確立されていないと思われる。（2017/9 月現在）

（内山整形外科医院　院長　内山　徹　寄稿）

9) 慢性疼痛と補償制度（障害手帳発行）との関連　の章

この障害年金制度については 2 度経験があるので記す。

一つは年のいった母の股関節骨頭部骨折時の人工骨頭の挿入術に関してである。

母は 57 歳の時通勤時、自転車で転んでしまい、右股関節骨頭部骨折のために人工骨の挿入術を受けた。その時発行されたのが「身体障害手帳 4 級」である。いずれ役に立つからと、医師自らが提供してくれたものである。

その 17 年後 74 歳で 2 回目の手術をこの地で行った。その時左右の足の長さが違ってしまっていて（医師群は同じだと

6. 慢性疼痛を考える　● 141

いう）右足にスリッパをはいて家の中を歩いている。その8年後、脊柱管狭窄症の手術をして体重が激減した。原因不明。その時「障害手帳を見せ、等級はどうなのか」と尋ねた。

主治医は「難しくなったから」といって取り合ってもくれなかった。明らかに身体活動が制限されていて、病院に行くか、デイケアへ行くかのいずれかで、外へ、しかも自動車で出ることくらい。家ではつたい歩きをしている。

もう一つは、私に起きた一昨年の「左大腿神経麻痺」である。今では歩けるようになったものの杖なしでは歩けない。当初車いすだった。立ち上がれなかった。その時神経内科の主治医に相談した。母と同じく「厳しくなったから」と取り合ってもらえなかった。その医師は「もうやることがない」と診療を終わらせた。

反骨精神の強い私は、杖を使って歩き始めた、何度も転んだ、銀行の出入り口の階段で、床屋の入り口で、車から降りて立てずに降りたとたん転んだ。それで今があると思っている。

このように医師が取り合ってくれない。何がそうさせるのだろうか、と思う。これも医療費削減のためなのだろうか。

客観的意見を述べる医師が取り合わなければ、障害者の障害手帳は成り立たない。ただの赤い表紙の入れ物に他ならない。そもそも持てない。

そのことを痛みに変えたとき、私みたいなまだ軽い方はいい。しかし本当に重症で毎日のたうちまわるほどの痛み（医

師の発言）を抱えている方々に対しても同じ対応をするのか。

SNS にも「慢性疼痛は難病だ」や「なぜ難病（特定疾患）にならないのか」など悲痛な多くの投稿がある。

5 年はざらにいて、10 年 20 年抱えていると投稿にもあふれている。何とかしなければならない、と思うが、この著は**【痛みの自覚症状だけで診断根拠として障害等級に結びつけるにはまだまだ時期尚早であり、社会復帰を前提とした集学的介入が望ましいと考えられる】**としている。

「いつまで我慢」をすればいいのかを教えていただきたい。

我慢と共に、経済的負担がのしかかっている。

特定疾患にしようとする動きがある。ただ、客観的評価ができない為に二の足を踏んでいる傾向が見受けられる。しかし、一点の希望が見えてきているのではないか？　障害等級には結びつかなくとも、少なくとも「特定疾患治療研究事業」の中に含んでほしいものだ。

（引用：愛知医科大学運動療育センター　池本竜則　寄稿）

10) 精神科医から見た慢性痛　の章

A. 精神科医から見た慢性痛

【慢性痛患者の精神症状を一概にスコア化、キーワード化、ガイドライン化して考えるのは間違いである。個々の患者へのテーラーメイドな対応を疎かにしてスコアを用いて患者評

価と治療内容を画一化しては、医原性の慢性痛患者となりかねない。】

B. 精神疾患の安易な診断は危険
【 昨今の精神科領域では、HAD 尺度、BDI テストなど、非専門家でもスコア化できるツールがありふれている。安易な診断ではなく、「心を研ぎ澄まして」患者の言動と心の状態を感じとることである。それによって診療医の心のモニターが患者の心の状態を察知し、そこに診断基準が重なることで、自ずと正しい診断が・治療へと結びつく。】

C. うつ病患者の痛みにまつわる説明
【 うつ病を患った患者にたいして、精神科を受診していたことは診断のキーワードとして大事なものの、それを先入観とせず診断も鵜のみにしないことである。

　痛みに翻弄され、不安感にさいなまれた結果「指を切ってくれ」とまで懇願するのも了解可能。

　最後に「はったりを言っている」「ほんとに痛いのかって皆が思っているかもしれない」と被害的自己関係付けのコメントが多数聞かれる。

　うつ病は、攻撃の矛先が自分に向く微小妄想（罪業妄想、貧乏／貧困妄想、心気妄想）が主体なので被害妄想（自分以外の人が悪い）の出現は稀である。よって、この点からも内因性うつ病ではない。】

D. "痛み"とは・・・"精神科的な評価"とは・・・

【「精神科はよくわからない」という先入観のもと、医療従事者は臨床所見のキーワード化、スコア評価、ガイドライン評価する傾向があるように思われる。医療はエビデンスに基づいて、普遍性・再現性が高いものであるべきである。

安易なキーワード化による診断は治療を遅らせるばかりか医原性の慢性痛患者をつくりだしかねない。演繹的にスコア評価を 10 回行うよりも、ゆっくり時間をとり患者の言葉に耳を傾けることの方が、正しい診断・治療につながるということをご理解頂ければと思う。診察医の研ぎすまされた心のモニターを先行させ、その上で診断基準やガイドラインを考察しあてはめてもらいたい。そういった地道な作業こそが、慢性痛治療においては求められる。】

何もコメントすることはない。私は精神科にもかかったが、患者に対して、こんなにも優しさに満ち満ちた医療者には出会ったことがない。すぐ××とされて、その診断に沿って進められる。しかし、すぐにスコア可、ガイドライン評価をして診療すべきではない、それより患者の声に耳を傾けるべきだ、としているあたりはまさに精神医療の本髄なのではないだろうか。

しかし診療時間は、わずか5分足らず。長くて15分といったところか。精神科の診療時間は 30 分単位である。加えて5分以上であれば診療報酬請求できるのだそうだ。

6. 慢性疼痛を考える ● 145

この医師は何分の時間をかけるのであろうか。

「ゆっくり」という表現があったが、5年、10年たっているものにとってはそうもいかないことも確か。

こういったことを他科（整形外科や麻酔科、ペインクリニック科）に求めることはできないものか。

（引用：東京大学付属病院　緩和ケア　痛みセンター　小暮孝道／東京大学付属病院　緩和ケア　診療部長　住谷昌彦　寄稿）

11）神経ブロック治療の適応と限界　の章

A．神経ブロック治療とは

　私が4年もの間受けている治療。いろいろあるが、手技としてはトリガーポイント注射を痛いところに、硬膜外神経ブロック注射を主に腰や背中の下部に打ってきた。あるいは「馬尾神経」と呼ばれる場所にも打った。（実際神経に直接打つわけではない。神経を包んでいる"硬膜外腔"を狙って麻酔を打つ。"神経根ブロック"というものもある。仙腸関節ブロック注射もある。

　痛む場所へ影響していると思われる腰・背中の神経を狙う「硬膜外ブロック注射」加療もして一時3か月ほど全く痛みがなくなったことも経験している。

　先生の長年の経験の賜物ではないだろうか。神経学と解剖学をしっかり頭に叩き込んでいると思われる。私の場合は、

146

こちらが収まるとあちらが痛むという展開だったので、先生もだいぶ困ったろうと思う。この施術は医師の経験の積み重ねによるところが大きい。下手な施術はかえって痛くなることもありうる。だいぶ差があるように思うので、その対応をよく観察することが大事で、効果もまた異なることを覚えておきたい。

・トリガーポイント注射＝痛む場所に直接注射
・硬膜外ブロック注射＝神経を一時的に麻痺させる注射＝広範囲な痛みを軽減する（薬を打つ前に麻酔薬をうつ）
・薬剤＝デキサート注射液　1.65mg（0.5ml）、キシロカイン1％の生理食塩水を流し込む
＊病院によって異なる
＊途中薬液を変えた経緯もあって今ではわからない

B. 神経ブロック治療の適応：急性痛と慢性痛
【 慢性痛でも急性痛を繰り返す慢性痛、急性痛が遷延化した慢性痛と、中枢神経の機能変化、心理社会的因子による修飾を受け、抑うつ、不安障害、破局的思考の関与が高いものに分けられるが、後者はほぼインターベンショナル治療の適応外となる。インターベンション治療は急性痛、亜急性痛、および慢性痛の前者が対象。 】

＊インターベンショナルとは身体にブロック針を刺すなど侵

襲が加わる療法を総称し、一般的にインターベンショナル痛み治療と呼ばれる。

　各種の神経ブロックや関節内注射より一歩進んだ機器（X線、超音波、CTなど）を用いたガイド下による手技が研究会のテーマ。それ以外多数のテーマを持つ。

（日本ペインクリニック・インターベンショナル治療研究会　ご挨拶　より抜粋して要約）

＊インターベンションとは一般的には「介入」との意味から、身体に何らかのものを入れて治療することをインターベンション治療と呼ばれる。血管のつまりを改善するカテーテル治療も入る。ここでは注射針を入れて薬剤を注入して神経の興奮を抑える、ことから痛みをとるあるいは改善する意味。

C．慢性痛患者に対する神経ブロック治療

【 慢性痛患者の神経ブロック治療の目標はADL、QOLの向上にあること、いかなる治療でも劇的な改善を得ることは難しいこと、神経ブロック治療も急性痛とは使用目的が異なることの患者教育も重要 】

D．"とにかく痛い!!"訴えの連続

【 慢性痛患者は著しくCoping能力が著しく低下している。このような場合、患者の痛みに引きずられることがないように注意すること。あくまで目標はADL、QOLの改善という

ことを見失いかねない。】

＊ Coping とは「問題に対処する」力、「乗り越えようとする」力をさす。

　特定のストレスフルな状況や問題に対して何らかの対処行動をとり、ストレスを適切にコントロールすること、あるいはその手法を指して「ストレス・コーピング」という。

　慢性疼痛患者の最大のストレスは「痛み」。食事ものどを通らないほど。1日中、消えさることの無い「痛み」にさらされている。コントロールできたらどれほどいいだろうか。Coping 能力などあろうはずもない。

　私が見てきた限りにおいては「待合で痛い痛いと発言する患者さんはあまりいなかった。診察室に入るとここが痛いあそこが痛い」と話す。それは時に切実で我慢ならないような口ぶり。我慢できていれば、国から制限されているシップ薬、飲み薬で改善されていれば病院には来ないはずだ。待合では皆静かなのだが。

　慢性疼痛患者のストレスは「痛み」。ストレス・コーピングは医療機関を受診することが第一。なんでも早め早めの受診をと製薬会社は促す。何せ慢性疼痛にならないためには3か月の間で根治する必要性がある。

　それ以外で、悪い例では薬の自己管理、乱用につながるということもしばしば見受けられる。良いと思われる例では、

6. 慢性疼痛を考える ● 149

風呂に入って痛みを感じなくなったら、風呂を出て眠ること
で、それを1日10回も繰り返すこと、更には転職して子供
たちと笑うことで活路を見出した人もいる。SNSへ寄せら
れた投稿の一部。

　悲劇的と思えるのは、「神経ブロック治療」を知らない方
がいたこと。丁寧な医者は表面麻酔から始める。医師が知ら
ないのか、本人が選択しなかったのかはわからない。

　医師の特殊な訓練された能力なのでやりたがる医師はあま
りいないのかもしれない。特に開業医では。

E．慢性痛における神経ブロック治療の立場

【　慢性痛患者はペインクリニックでのインターベンショナ
ル治療に過剰な期待を寄せていることが多い。リスクの説明
をしっかり行い、医療従事者は治療のすべてを医療者側に依
存する傾向が強い患者には、患者とは何か、慢性痛の治療目
標の説明、教育を行うことが肝要である。

　回数を決めて治療計画、治療の目標を設定し、患者と共有
したうえで行う。運動療法、認知行動療法的アプローチを考
慮に入れ、主体性、対処能力の向上を大事にしながら治療を
行う。】

　ペインクリニックのインターベンショナル的治療に関し
ては同研究会のHPでは医療従事者しか診ることができない。
見たからと言って専門用語のオンパレードで理解しがたい。

すべからくこの手の内容は医療従事者もしくは医師しか見られないようになっている。身内に医療従事者がいれば大いに助かるかもしれない。いろいろ調べていくうちにその壁に気がついた。あとは本の購入とかで見識を得るしかない。

しかし、そこまではやらなくともいいような気がする。閉ざされた世界なんだと思えば PC での検索をしなくとも、常日頃考えておけばそうでなくとも目に飛び込んでくる。

ここまでの共通用語がある。「患者の教育」とか「認知行動療法的」といったような言葉。

医療業界は慢性疼痛患者を診療から教育へと変化し、痛みを全く無くすことは不可能だ、と口をそろえて述べているのはなぜか。それはやってもやっても、主訴とする痛みがとれないからなのであろう。

患者はいかんせんわがままなところがあってもいいような気がする。つまり発言するということ。いい時はいいと言える患者に私はなりたいと思っている。この薬をこう飲むと効いた、や、この前のブロックは 3 日くらい効いたがそのあと激しく痛んだ、などを言うように心がけている。それは、医師の勝手な思い込みを防ぐことにもなる。多くの医師はいかなくなると「あれでよかった」と勘違いするクセがあるからだ。次の患者さんに生きてくることだと思っているからだ。医師は施術力もあって頼れる存在であるはずだ。（病院の）図体が大きいからできることもあればできないこともあ

6. 慢性疼痛を考える ● 151

る。むしろペインクリニシャンである医師が精神科医を頼っていること自体が「慢性疼痛」を「慢性痛」にしたあたりもその要因のような気がする。精神科医の負担が重くなる。責任も過負荷になる。ここにはこういう意図が隠されていることを患者は知っておいていただきたい。

　ただ、一方的なことも言えない。多くの患者さんは容態が良くなってくると医療機関を訪れない。医療機関を変えても訪れない。これが長い年月当たり前だったかもしれない。いい医師のいるところへは、初診料を払ってでも、いい時はいいと、この前のブロックは効きました、とかいうべきだと思う。つまりコミュニケーションをしっかりとるべきなのだ。

　医師との会話がこんなにも楽しいことだったのか、と思うことができれば将来にわたって楽しくなる。それは孫子の代まで続く医療・疾病となることを信じるからだ。会話を楽しみに医療機関を訪れるのではなく、診療の効果の可否を伝えに訪れるようにする、それがお互いの利益につながるように思う。

　一方で神経ブロックの怖さもある。

　回数をいくら重ねてもよくならないケースだ。よくよく調べてみると、脊柱管狭窄があったり、ヘルニアがあったりする場合もあることを忘れてはならない。医師が疑問に思うのが普通なのであるが、いわゆる見落としの可能性がある場合もあることを忘れてはいけない。良かれと思って始めた治療

152

がフイになってしまう。

　私は4年の間、ある医師を訪ねている。5年目に入った。整形外科医である。解剖学と神経学を学んだそうである。

　神経ブロック治療が丁寧だ。まだ40代の中堅医師だ。4年の間たったの1回3か月だけ痛みが全くない時期を今でも鮮明に覚えている。あの時の感動を忘れることなく、今一度との期待を込めて通い続けている。他の病院でのX線やCTのデータも出し続けている。（別の疾病でとったもの）

（引用：滋賀医科大学付属病院　ペインクリニック科病院　福井 聖教授　寄稿）

12) 非ガン性慢性疼痛へのオピオイドの使い方の章

A. はじめに

【 本邦においても、非ガン性慢性疼痛（以降慢性痛と略す）に使用可能なオピオイド製剤の選択肢が増え、非ガン患者へのオピオイド治療が一般化してきている。

　しかしながら、オピオイド治療の高用量化、長期化などによって生じる深刻な問題も表面化しつつある。最近の報告では慢性腰痛に対してオピオイドを増量・長期投与しても意味のある有用性は期待できないなどの見解もある。慢性痛に対するオピオイド治療の意義について議論が続いている。そこ

6.　慢性疼痛を考える　● 153

で本稿では、慢性痛のオピオイド治療を行う上で重要な情報を提供する。】

オピオイド鎮痛薬とは中枢神経や末梢神経にあるオピオイド受容体への作用により鎮痛作用をあらわす薬剤の総称。弱オピオイド、強オピオイド（医療用麻薬）、麻薬拮抗剤とに分類される。

強オピオイドは「もうほかに選択肢がない場合」に使用される。（日経メディカル　電子版）

B.　各領域のオピオイドの考え方の違い

【オピオイド鎮痛薬（医療用麻薬）は使用される領域によってその使用目的、使用方法、問題点などは全く異なるものである。

●麻酔管理：オピオイド除痛薬
　　術中のすべての**侵害刺激を取り除く**という麻酔管理の目的に見合ったもの

●緩和ケア：オピオイド鎮痛薬
　　ガン患者の**身体的な痛み**を鎮め、療養生活の質の向上に努める目に見合ったもの
　　眠気と痛みのバランスを評価しながら持続痛を十分に緩和し突出痛にはレスキュー薬使用

●慢性痛：オピオイド**和痛薬**
　　痛みを取り除くことではなく、**和らげることが重要な目**

標であるといった目的に見合ったもの

　多くの医療者が理解しなければならないことは、ガン疼痛と慢性痛のオピオイド治療が、位置づけ、使用意義、当与期間、推奨剤形、当与量、問題点、突出痛への対応などは全く異なるということである。日本緩和医療学会発表「ガン疼痛の薬物療法に関するガイドライン　2014 年版」、日本ペインクリニック学会発表「非ガン性 [疼] 痛に対するオピオイド鎮痛薬処方ガイドライン」を読み比べてほしい。】

　懸命な方は調べることと思います。ここに厚生労働省の「医療用麻薬適正使用ガイドライン」のないことは不自然なのではないかと思う。（後述）

C. 慢性痛に対するオピオイド治療の適応
【 慢性痛は、侵害受容性疼痛、神経障害性疼痛、心因性疼痛に分類されるが、明らかな心因性疼痛には適応とはならない。

　以下の基準を満たした患者に適応されるべきである。
①持続する痛みの器質的原因が明白である
②オピオイド治療以外に有効な痛みの緩和の手段がない
③オピオイド治療の目的が理解できている
④薬のアドビアランスが良好である
⑤薬物あるいはアルコール依存の既往がない
⑥心因性疼痛および精神的な問題・疾患が否定されている 】

私はモルヒネを開業医の麻酔科の先生に処方され、1年8か月目に審査機関のレセプト審査に触れて処方中止となった。次に見つけたのは「痛みを我慢することはない」と記述のある病院の緩和内科。しかし4か月後、「心因性ストレス性慢性疼痛」とされ、処方をストップされた。最大の原因はガンではなかったことだが。

　詳細は後述する。

D. 使用可能なオピオイド鎮痛薬

　オピオイド鎮痛薬の種類はp125の表を参照されたい。

　添付文書は患者が読むべき内容とはなっていないことは言うまでもない。しかし用量についての明記もある。例えば塩酸モルヒネ錠（10mg／錠）の場合は1.5錠／日となっていて、"暫時増減する"ことも書かれている。この"暫時増減"は医師の裁量によって処方されるべきはずであるが、この薬剤の慢性疼痛の保険上の用量は3錠／日である。しかも、エビデンスではなく判例で決められている。そこをどう保険診療機関を説得できるかが問われることにもなりうる場合があることもつけ足しておく。この点は患者個人がいくら頑張っても認められないことを理解しておきたい。

　次に、オピオイド鎮痛薬の副作用についての記載があるが

医師からの説明があってしかるべきところなので割愛させていただくことにする。

・眠気
・悪心、嘔吐
・便秘

対策があげられている。私は塩酸モルヒネを120mg／日を飲んでいたが「便秘」のみであった。痛みが0～2程度まで下がった。腎動脈狭窄症のカテーテル治療で入院した時も持って行ったほど（もってきてもらいたいといわれた）、おかげで手術は無事に済んだ、痛みを感じることがない状態で。

E．オピオイド治療開始後の経過と投与期間

【 オピオイド治療薬の具体的な期間を策定しているガイドラインは少ないが、最近発表されたドイツのガイドラインでは、過去のエビデンスを考慮して、3か月以内にとどめるべきとの見解を示している。そしてそのガイドラインでは、6か月を超えてしまった場合には一度オピオイドを中止してみて、患者にとって必要な治療であるか再確認すべきであると述べている。 】

　必要な治療であった場合にどうするかは明記がない。

　まるで他人事のようだ。これでは医師は、処方するのをためらうのも無理もない。処方のデータが日本では少ないので決め切らないのが実態ではないだろうか。

モルヒネ騒動は後述する。

F. オピオイド治療の高用量化、長期化による問題

【 ●腸機能障害

　オピオイド治療薬の長期投与により、排便回数の低下、残便感、硬便、排便時のいきみ。腹部の不快感・疼痛および膨満感を訴える

　　●性腺機能障害

　高用量のあるいは長期投与により、性腺機能が低下し、テストテロン、エストロゲンの分泌量が減少、更年期障害様の症状、抑うつ傾向、骨粗鬆症などを訴える。

　　●認知機能障害

　高齢者では通常用量でも認知機能が低下し、特にベンゾジアゼピン系薬剤などの併用には注意が必要である。

　　●退薬症候

　オピオイド鎮痛薬の急激な増量、中止によって出現する症状で、動悸、異常発汗、静座不能、瞳孔拡大、関節痛、鼻汁、流涙、嘔吐、下痢、振戦、あくび、不安、焦燥、鳥肌などを訴える。

　　●鎮痛耐性、痛覚過敏

　オピオイド鎮痛薬の長期使用中、急激に鎮痛効果が得られなくなったり、逆に痛みが悪化する現象で、急激に減量・中止した時などに発症しやすいとされている。

　オピオイド鎮痛薬の上限や期間を設けているのは、上記の

ような QOL や ADL を著しく低下させてしまう可能性のある問題に直面しかねないからである。】

　つまり、処方医にしてみれば"怖い"のが実情だろう。ガン患者に対しては"怖くない"のだろうか？

　もう一つの副作用は"睡眠障害"である。

　なかなか寝付けないといったことが服用を始めたころにあって、医師に相談した。"脳が働いていないから"との回答。理解不能だが、そういったことも場合によってはあることも知っておいていただきたい。焦ることなく医師に相談するのがいい。間違っても「どちらをとりますか」などという医師には出会わないことを願う。

　私の場合には QOL ／ ADL は各段に上がったことを明記しておく。

　街に出かけ（当時は）最適住居を探したり、不動産業に出かけたり、400km離れた故郷の友人に会いに行ったり、残念なことではあったが幼少のころ大変お世話になった「事実上の父」の３回忌に参列できたり、と行動範囲は各段に広がり、おのずと QOL は上がった。**原因のわからない"痛み"には間違いなく奏功していた。**それら副作用の可能性があるから処方しないというのはおかしいことではないだろうか。患者と話し合いをした上で副作用の可能性をしっかり説明・同意のうえで処方するのが医療者のあるべき姿であろう。

6. 慢性疼痛を考える　● 159

G.　オピオイド治療が高用量化・長期化する患者の特徴

【 長期化の原因は、安易なオピオイド治療の開始ということが指摘されている。そのため処方医は長期化しそうな患者の特徴を理解する。

①直ちに特定できる痛みの原因がない

②痛みによる活動制限および機能障害が存在し以下の懸念を抱えている

　1）痛みは軽減されないかもしれない

　2）痛みはコントロールできないかもしれない

　3）痛みの存在が通常の生活を取り戻せなくしている

③痛みの訴えがびまん性（全身）である

④臨床的に明らかなうつ病・不安が生じている

⑤「1年後もオピオイド治療を受けていると思う」という過度の期待を持っている 】

　ちなみに私は、モルヒネ塩酸塩を処方された場合でも期待はしていなかった。何も効かなかったからである。

H.　オピオイド治療に執着する患者の特徴

【 もしかすると、オピオイド治療が考慮される慢性痛患者こそが、オピオイド治療に固執し、長期化してしまう患者なのかもしれない。長引く痛みを訴える患者の多くが**失感情症、愛着障害、同胞葛藤、自尊心が低い**などの問題を抱えていて、セルフモニタリング、**セルフケアの障害が潜在的に存在し、**

それらの問題がオピオイド鎮痛薬によって改善する**可能性**がある。オピオイド治療を考慮する際には、長引く痛みの心理社会的な問題が存在していないか、注意深く観察する必要がある。】

　明確でない記述だ。もしかすると・・・・とはいったい何が言いたいのか。推察の域を超えない。エビデンスにもとづいて処方されるものではないのか。

　患者を「自尊心が低い」と称する。

　自尊心が高すぎるのが医療従事者ではないか。かつてはそれでもよかった、治ったから。

　今現在は、自尊心ばかりで「治せない医師の多い」ことに嘆いているのもまた患者の心理的背景ではないか。つまり、治る為に医療機関にかかっているはずが、そうなっていないのが現実。

　「セルフケアの障害がオピオイド鎮痛薬で改善する可能性」はいわゆる「多幸感」などをさしていると思われるが、オピオイド鎮痛薬で痛みが消えて喜ぶことはある。

　患者にとって「長引く痛みの消失」は、この上ない喜びである。

Ⅰ．オピオイド治療の目標設定

【オピオイド治療を開始するに当たっては、必ず目標設定を患者と話し合うことが重要となる。可能な限り、オピオイ

6. 慢性疼痛を考える　● **161**

ド治療のための同意書を作成し、同意書内に治療目標を記載
しておくべきである。】

　"同意書"の作成は大いに賛成だ。

　NNT という考え方があることを p120 で述べた。

　しかし、研究の数が少ないのも現状のようだ。

　トラマールにおいては 14、強オピオイドにおいては 6 し
かないのである。

　これでは積極的に使えないこともさもあるだろう。研究者
が少ないのだ。だから"遅れている"との声も SNS では多
いのだろう。

　医師側からすれば、"研究数が少ないから処方できない"
などとは口が裂けても言えまい。

　　　（引用：獨協医科大学医学部麻酔科学講座　山口重樹主任教授　寄稿）

　参照されたいのは、次ページの厚生労働省医薬食品局監視
指導・麻薬対策課監修・発行の「医療用麻薬適正使用ガイダ
ンス　平成 24 年版、同 29 年版」だ。適正使用を促している
し、その範囲内であれば使用可能ということなのではないだ
ろうか。このことを医師に言っても取り合ってはくれない。
加えて、「国も認めているのではないですか！」などと言お
うものなら、医師の感情を逆なでするものであって、決して
発言しないことが鉄則だ。私はそれで失敗している。

　強オピオイド（モルヒネ）をやめさせられた時、「依存症

平成 24 年版

（オレンジ色の表紙）

医療用麻薬適正使用ガイダンス

● 目 次 ●

はじめに
本ガイダンスの使い方
1. 医療用麻薬によるがん疼痛緩和の基本方針 _____ 1
2. 医療用麻薬による慢性疼痛の治療方針 _____ 9
  1) 慢性疼痛の疫学 _____ 9
  2) 痛みの特徴と治療の考え方 _____ 9
  3) オピオイド鎮痛薬の開始 _____ 9
  4) 継続投与時の留意点 _____ 10
  5) 慢性疼痛治療に用いるオピオイド鎮痛薬
    （経口剤、貼付剤） _____ 11
3. 医療用麻薬の使用方法 _____ 13
  1) 非オピオイド鎮痛薬（非ステロイド性消炎鎮痛薬（NSAIDs）、
    アセトアミノフェン） _____ 13
    (1) NSAIDs
    (2) アセトアミノフェン
  2) オピオイド鎮痛薬の種類による使用方法 _____ 16
    (1) コデイン
    (2) トラマドール
    (3) モルヒネ
    (4) オキシコドン
    (5) フェンタニル

<u>平成 29 年 4 月発行版</u>

（ブルーの表紙）

	項目
	はじめに
1.	医療用麻薬によるがん疼痛緩和の基本方針
2.	医療用麻薬による慢性疼痛の治療方針
3.	医療用麻薬の使用方法
4.	処方・交付
5.	入院中における患者自身による管理
6.	自宅における患者・家族による管理
7.	自宅以外の療養場所における麻薬の管理について
8.	医療用麻薬服用中の患者の海外渡航の際の手続き
9.	医療用麻薬の管理
10.	麻薬中毒者であると疑う場合の対応

の疑いあり」とされ、その根拠は、平成24年版のガイダンスだった。

この中の「慢性疼痛のオピオイド治療」はWHO方式　ガン性疼痛基準に倣う、とされている。強オピオイドについての、特にモルヒネについても明記がある。（9ページ〜12ページ）

オピオイド薬は、弱オピオイド、強オピオイド、その中間的作用のものと大きく3段階。更に近年、（麻薬）拮抗剤なるものも出現している。種類は多く、混合的に試す方法もあろう。医師と自らの痛みの関係をキャッチボールしながら最終薬剤を決めるべきである。

慢性疼痛に関してのオピオイド治療薬の使用に関しては平成24年版と何ら変わっていない。

どちらも「比較的高容量（モルヒネ換算120mg／日以上）云々」とされている。

可能であれば徐々に減薬すると明記されている。

ただ、例えば足の骨折時、ギブスを強く締めつけられて、結果CRPS（局所複合的疼痛）となった方々の赤裸々な生の写真の投稿をSNSで目の当たりにすると、そういった方々はどうするのだろうかと思ってしまう。

強オピオイド薬モルヒネ塩酸塩をなぜ"麻薬施術者"の資格を有していている医師がためらうのだろうか。ある医師に

6.　慢性疼痛を考える　● 165

疑問を投げかけてみた。帰って来たのは「手続きが面倒くさい」、「管理が大変」、「何かあったときの対処に困る」の３点だった。個人の開業医。「何かあったら大きな病院なら手当できるけど小さなクリニックではそうもいかないよ。保険医療で飯食っているからなぁ」、と言い放った。加えて、「経口薬は確実だけど貼付剤は少なくなることはあっても多くなることはないんだよ」とまで付け足してくれた。

　よくモルヒネ換算いくらとの表記がある。

　しかしもう１点、オピオイド受容体もよく見てほしい。痛みを感じるオピオイド受容体は三つあるといわれている。

　μ（ミュー）、δ（デルタ）、κ（カッパ）のいずれかに効くかということ。比較表を貼り付けておく。

表4　各オピオイドのオピオイド受容体タイプに対する結合親和性（結合しやすさ）

オピオイド	μ受容体	δ受容体	κ受容体
モルヒネ	+++		+
フェンタニル	+++		
オキシコドン	+++		
コデイン	+		
トラマドール	+		
ペンタゾシン	++ (P)	+	++
ブプレノルフィン	+++ (P)	++ (P)	+++ (P)

(P) 部分作動薬であることを示す

※トラマドール自体に結合親和性はなく、代謝物が部分作動薬として作用する

　（出典：特定非営利法人日本緩和医療学会　がん疼痛の薬物療法に関するガイドライン　2010年版）

13) 慢性痛への具体的な運動指導法　の章

A. 運動開始・再会時の精神心理面への対応

【 慢性痛患者は「痛みをとること」を目的にするが、そうすると痛みに固執しやすくなり、奏功しづらい。「思考（認知）」と「行動」は介入できるが「身体（特に痛み）」と「気分」は介入が難しい。したがって、患者一医療者の目標が必要で、患者の希望：「痛みをとってほしい」と医療者の提案：「痛みがあっても生活できること」を訓練するには時間がかかるが、これを一致させるのは非常に重要である。

　認知行動療法の考え方としては、痛みに対処できるようになることを目標とする

・より効果的な新しい対処の仕方を身に着ける

・治療者が「治す」のではなく、患者自身が自分自身で「対処」できるようになる

・患者さんと治療者が一緒に取り組む

　ことが重要である。】

B. 運動の工夫と指導の工夫

【 運動の種類は有効性に無関係とされており、通常の運動療法は様々な特殊なトレーニング、器具エクササイズ、徒手療法とで効果に差がないと言われている。

　歩行などの有酸素運動が日常生活（ADL）の改善につな

がりやすいことから、ウォーキングが各国の痛みセンターリハプログラムに必ず含まれる。

　ただし、パンフレットを渡すだけではなく、セラピストなどの管理下で行われる運動療法が有効である。】

　私は、パンフレットすら渡されたことがない。

　パンフレットをもらって読むまではいいが、具体性に欠けるので、やってみても効果の薄いことがままある。だから続かない。この手の運動は半ば強制的でないと実現はなかなか難しいのではないだろうか。そんな時、セラピストが管理者とはどういうことなのだろうか。あくまで認知行動療法の一環としての運動療法であるとすればそういうことになるだろう。ただ最近の病院では「リハビリテーション」の診療科が減ってきている。福祉施設には「リハビリ通所サービス」という名のサービスがある。私の母も81歳で腰の手術をして、介護制度の要支援2の段階で週2回通っている。介護サービスの一環として。術後のリハビリを強く望んだが、手術をした病院でさえ、また、他の病院にさえ受け入れてもらえなかった経緯がある。

　具体的な運動療法に秀でた医師とのコミュニケーションが大事なのではないのだろうか。あるいは地域の体育施設などへ行ってトレーニングを積む方が効果的ともいえるのではないだろうか。エクササイズなら無料の施設も当地にはある。高齢の母には無理だが。つまり私は、「療法としての運動」

は考えたことがない。

C. 具体的な運動指導法と流れ

【 運動をやってもらうことがまずスタートで、そのための運動プログラムと pacing を設定し、安心して実施できるような患者教育（指導・助言）を行う。

　長期目標は、「痛みの減少」ではなくて、具体的な「行動」（例：仕事復帰、趣味の再会、社会参加、家事遂行、外出頻度増加）とする。

　短期目標は、最終の長期目標に向け、短期間の目標を小刻みに設定する。些細なことでも実現可能なもの（例：歩行の距離、時間、頻度を増やす、手すりなしでの階段昇降、カート使用による物の運搬など）を積み重ねる。

　フィードバックは、2〜4週後に、患者の記録をセラピストが"赤ペン先生"になって確認、助言する。見守り、寄り添いが最大の報酬となる。

　目標設定やプログラムの設定も患者自身が納得したうえで自己決定する。

　受動的治療から、運動療法によって徐々に能動的なリハビリテーションへと移行することで、医療者への依存を避け、セルフマネジメント能力の向上につなげる。 】

（引用：日本福祉大学健康科学部　リハビリテーション学科　松原貴子教授寄稿）

この内容は"運動療法"ではなく、"認知行動療法"なのではないだろうか。

　"小さな成果をたくさん集める"ことは、認知行動療法の進め方と一緒だ。

　なぜここで運動療法として挙げているのだろうか。であるならば、認知行動療法の一手法としての運動療法ととらえるのが自然である。

　私は、認知行動療法と運動療法はまったく別物と考える。

　私は一昨年３月、インフルエンザを発症し、激しい下痢にみまわれたあげくに２泊３日入院し、強制的に退院してきて、そのあと「膝くずれ」をおこし、もしや、と思い脳神経外科外来で検査。脳・脊髄には何も障害がなかったことから、検査を重ねた結果「左大腿神経麻痺」と診断された。

　およそ３か月間両足では歩けず、車いす生活を余儀なくされた。しかし、主治医は「もうやることがない、（自然に）治るよ」と言って診るのをやめた。血流改善とビタミンＢの薬を出して診療終わり。

　中途半端に投げ出された私は「自分で歩く」しかなかった。福祉用具を扱う店から杖を買い、転びながらも歩いた。その結果、何とか杖に頼らずとも歩けるようにはなった（杖は持ち歩いている）。全部自己流。家に帰れば痛み、外に出れば杖、こんな生活でも何とか生活している。

170

それでも痛みが消えることがない。それでも、買い物、役所手続き、銀行振り込み、引き落とし、母の病院送迎と付き添いなど、私のするべきことをしている。左足でほんとによかったと思っている。右がやられていたら自動車の運転は一般車では不可能に近い。車があるからこその生活がそこにはある。

　もちろん言われるような「ウォーキング」を集中的にやる時もある。春〜初秋の頃の朝散歩。気持ちが良くて何やら気持ちが落ち着くというかリフレッシュされるというか。

　つまり「恥」を捨てれば何でもできる（限度はあるが）ことも一つにはあると思う、特に女性には。

　恥ずかしがらずに受け入れれば、それだけで前に進むことができうる、と私なりに思う。そこには小脳出血で倒れた友人の存在があった。何でも「100円ショップ」で購入した杖がいいらしい。

（引用：日本福祉大学健康科学部　リハビリテーション学科　松原貴子教授寄稿）

　さて、いよいよ本著のテーマと思われる「認知行動療法」の章に入ることになる。

14）慢性痛に対する認知行動療法　の章

A. 慢性痛と認知行動療法

【 痛みが慢性化する背景には心理的要因の影響も大きいとされている。この心理的要因に対する介入として近年注目を集めているのが「認知行動療法」である。慢性痛患者の**痛みそのものの低減に対する効果はさほど大きくないことを示す研究が多い。**それでは、慢性痛患者の「何」を改善するのに有効なのであろうか。 】

B. 認知行動療法とは

【 認知行動療法は主に２つの心理療法が統合されている。
　①行動療法であり、学習理論に基づいて行動変容に重点をおく療法である。
　②認知療法であり、我々が何かを感じたり行動したりする背景として、個々人が持つ認知の影響を重要視した心理療法である。
　認知行動療法は、行動療法と認知療法を統合し、**出来事に対する人間の反応を「認知」「感情」「行動」「身体」の４個面に分けてとらえる。**この４個面で悪循環が生じ、それが維持されていることが問題と考える。その悪循環に対して問題解決や感情調整を目指すのが認知行動療法である。 】

C. 悪循環を抜けるために

【 認知行動療法は、認知と行動に対してアプローチし、その変容からの相互作用で感情や身体を変化させ、そのプロセスで悪循環を解消して好循環を生み出し、患者の適応を高めていく心理療法といえる。 】

D. 慢性痛患者の典型的な悪循環

【 ①痛みに対して過度に悲観的になり、痛みがわずかしかない時でも、ここで動いたら痛みが出てくる」のではないかと過度に恐れて、ほとんど活動をしなくなるパターン。
②痛みや違和感があっても無理をして頑張りすぎるパターン。責任感や義務感が強く、他者に対して気を使いすぎるパターンである。 】

　私は、痛かろうが痛くなかろうが、やるべきことをしているので、どちらもあてはまらない。

E. まとめ

【 認知行動療法は、慢性痛に有効な心理療法として一定のエビデンスを有している。その効果は主に慢性痛患者の日常生活の支援の改善、QOL や Well-Being の向上、うつや不安といった心理状態の改善といった要素に対して認められている。
　悪循環を改善するために、人間の意思の力で変化させられ

る認知と行動にアプローチしていく。

　行動的な介入としてアクティビティ・ペーシング、認知的な介入として認知再構成などがよく用いられている。】

（引用：畿央大学教育学部　現代教育学科　細越寛樹教授　寄稿）

　この章はあえてコメントを控えている。皆さんに考えていただきたいからだ。

　はて。心理療法の一つなのだから精神科領域の先生の執筆ではなかったか。なぜか、現代教育学科の先生の寄稿の執筆である。私はたいへん驚いた。それほど簡単なことなんだといいたいのだろうか。

　私は当初、この章は精神科の先生なのではないかと思っていて、多少の期待があった。理論を述べればこうなるのであろう。しかし、心理療法は精神科領域の治療法ではなかったか。

　私が精神科の先生へ確認したところでは、認知行動療法は、どこでも扱われている精神科領域の治療法ではないとのこと。少なくとも当地ではあまり見受けられないという。専門病院へ行かないとやってもらえない治療法だという。医師の立場で言うならば、とにかくほめることだと言う。できた、できたなどと。支持的療法などとも言われている。

　簡単なたとえとしては、1日をできるだけ普通に暮らしてみて（動いてみて）日記を書いてどういったときに痛みが増してどういったときに痛みが軽減したのかを記録していって、

振り返るのだとのSNS上での投稿で教えていただいた。1か月程度の期間を記して、痛みを自己分析する。実に簡単ではある。本人の積み上げによって成り立っているのが特徴だと考える。

それを1～2週間程度の期間を置いて精神科の先生と話し合いながら、よかった、よかった、と次のステップへと進めていく。そうすることで痛みへの執着をなくしていくことが、つまるところ痛みの軽減につながっていくということだとされている。

いずれにしても、私がもし、治療を受けなさい、と紹介されればたぶん断る。願わくば、薬物療法や神経ブロックとの併用にしていただきたい。11年もたっているのに思考を変えろと言われても無理な話。（こういう思考がダメなんだなぁ、きっと）

『慢性疼痛診療ハンドブック』が慢性疼痛を慢性痛に言い換えたのは、ここが終着点だったためではないかと思う。

序の章の厚生労働省認定NPO法人で「体の痛み相談支援事業」の窓口へ、県から案内された「NPO法人痛み医学研究情報センター」へ電話をした。一昨年8月のこと。女性が出られて、ちょうど昼時ということもあって「実は今は私一人でやっていますから、午後からにしてください」と言われたので名前だけ名乗って切った。その間、どういうところなのだろう、と思ってホームページを見た。

その中に「認知行動療法の検証を行っています」とあって、期間は 2014 年 1 月〜 2017 年 3 月までと書いてあった。せっかちな私はこの療法の対象になっては大変だ、特に、モルモットで終わってしまうとの思いから午後からの電話はご遠慮申し上げた。実はそのようないわば「治験」を行っていた節が見受けられる。エビデンスのより確実性の高いものにしよう、との行動の表れだ。

＊AMED（平成 27 年 4 月設立：国立研究開発法人日本医療研究開発機構）の「慢性痛に対する認知行動療法の普及と効果解明に関する研究」に関する総括研究報告では "諸問題点が見つかり修正作業を進めている" として、教育コンテンツに関しては "一般医師用を対象とした慢性痛に対する集学的診療についてのコアカリキュラムの作成を始めた。監修者 6 名と執筆者約 25 名を決定し、総 21 章から構成される書物である" を作成し平成 28 年秋ごろの発刊を目標となっていることから、現在ではあちらこちらで「（認知行動療法による）痛みの教育」がなされているものと思われる。

　原因が明確でないと自律神経や精神論が得意なのが日本の医療。そうなるとここへ誘導されて、認知行動療法へといざなうことも間々あろうかと考えられるからだ。しかし、この方法は専門的な知識がある医師にしかできないこ

176

と、自分（患者）の負担がかなりな比率を占めること、よくならないケースが多々あること、をよく認識されて、詳細にわたる医師の説明を聞いたうえで治療に入られることを勧めるものである。何人も治療を選ぶ権利がある。だから断ってもいいことを明記しておく。

※ AMED の中にも多くの慢性疼痛の研究が紹介されている。

15）まとめ

　慢性疼痛が定義づけられ、「3 か月を超える持続性の痛み」とされたことは大きな前進だと思う。その種類が多いのは事実だが、**侵害受容性、神経障害性、心因性の三つの要素に大きくかかわりがある「医原性」が加えられた**、と思っている。私も「心因性ストレス性疼痛」と診断されたことがあるが。いきなり「精神的なもの」と言われたりするのは「医原性」につながると思っている。整形外科医に言われたのだが気落ちしたことは言うまでもない。それ以外でも、「治らない」と決めつけられた、「わからない」、「ほんとに痛いのか？」「精神科の先生に相談するよ」だとか、患者にとってみれば、こんなにつらい話はない。「ほんとに痛いのか」、などと言われた日には、石でもぶつけてやろうかと思ったりもする。そうでもしないとストレスがたまる一方で痛みの持続性などわかろうとする医師のいないことでフラストレーショ

ンに陥りそうになった時期もあった。なぜだ、なぜだとの思いが強くなっていく。医師の対応は散々たるものもあった。

　個々の問題点について各診療科の先生が個別に寄稿されているのでどうつなげていけばいいのかを考えるには、非常に難儀なことである。整形外科、リハビリテーション、精神科など多数の先生の寄稿で成り立っているのが『慢性疼痛診療ハンドブック』である。

　一貫しているのは患者本人の痛みへの悪循環であり、「痛みをなくすことを排除する」とまで記述されてあることは全く持って残念なことである。

　一方で、インターベンショナル研究会、トリガーポイント研究会など日々痛みをなくすことを目標に研究が続いている。

　一番の問題は痛みを経験したことの無い健常な医師のすべてが慢性疼痛を診ていること、なのかもしれないと思うようになった。1週間でも1か月でも刺激を与えて痛みを作り出して、過ごしてみてもらいたいと願うのは私だけだろうか。苦痛であることは言うまでもない。体現的な学びこそが具体的診療につながることではないのだろうか。

　すべての医療につながることではないし、ここまでは言いたくない。10余年続いている慢性疼痛が言わせているのでご容赦願いたい。

　いずれにしろ、これからの3大治療は、薬物療法（オピオイド治療）、神経ブロック（インターベンショナル治療）、そ

178

して認知行動療法が「慢性疼痛の（医療機関での）治療」の
大きな枠組みなのは間違いないのであろう。

　また、国際的には「**慢性疼痛の適切な治療は基本的人権**」
とうたわれているのだから患者は堂々と治療を受けてもいい
ことに変わりがない。
　『IASP により 2010 年、「患者が痛みに対する適切な診療
を受けることは基本的人権である」とするモントリオール宣
言が採択されている。』（p68）
　（https://www.facebook.com/2016JAMP/posts/957753414272871）
　さはさりながら、最近のネット上では「慢性疼痛」に関す
る記述のあるサイトが増えてきているように思う。この著
（慢性疼痛診療ハンドブック）が影響していることもあるだ
ろう。AMED の活動も大きな影響をもたらしていることも
あるだろう。
　さて一方で「本邦の医療費削減目的」につながるとされる
診療費の話がさっぱり出てこないのはなぜだろう。確かに
「認知行動療法」への転換で医療財源は減る。なぜなら 2016
年現在保険適用とはなっていないからだ。千葉大学医学研究
院　清水教授が朝日新聞に語っていた。
　（https://www.asahi.com/articles/ASJ6Y2QBKJ6YUBQU004.html）
　冒頭の「慢性痛の定義」の中で「本邦の医療費削減という
目的」が、すっぽり抜けてしまっている。大枠な治療法は理
解できた。さていくらくらいかかるのだろう、との疑問が解

6. 慢性疼痛を考える　● 179

消されていない。

　そのことなどについてさらに考察を続ける。

　尚、『慢性疼痛診療ハンドブック：平成 28 年 10 月版』は、出版社である中外医学社に「引用のあること」を申し入れたところ、諸般の事情により改訂作業が進められているとのことである。いつ出版されるのかは明らかではないが改訂版も併せて読みたいところではある。

　Wikipedia で「慢性疼痛」を見てみると、『「心因性疼痛」については批判があり、日本においてこの疾患概念が普及していることが、日本で線維筋痛症の誤診を増す要因の一つとされている』とあり、慢性痛の分類から、「心因性疼痛」が消えていることも加えておく。

7. SNS に投稿された慢性疼痛の「診断」

● 2008 頃〜 2010

・ 反射性交感神経ジストロフィー（略 CRPS）（8 年目）
・ 胸郭出口症候群から慢性疼痛を併発（2 年目）
・ 疼痛障害だろう
・ 心因性慢性疼痛＆アロディニア歴（12 年以上）
・ 身体表現性疼痛障害（10 年間全くわからなかった）
・ 持続性身体表現性疼痛障害と診断（10 年目にて）
・ 身体化障害の中の疼痛障害（移動性の間接痛）
・ 一応「身体表現性疼痛障害」と診断
・ **慢性疼痛**
・「身体表現性障害」「疼痛性障害」と診断
・「筋筋膜性疼痛症候群」（2 年）

● 〜 2015

・「疼痛性障害の可能性が高い」
・「非定型顔面痛」（4 年）
・ 原因不明の歯痛と激しい頭痛 ⇒（病院を変えて）心療内科にて『疼痛性障害』
・「顎関節症」、10 年後「慢性疼痛性障害」を発症。4 年後「線維筋痛症」併発

- 病名は反射性交感神経性ジストロフィー
- 疼痛性障害
- 慢性疼痛性障害
- 「坐骨神経痛は治りません！」の一言から診察
- 気のせい➡セネストパチーと診断（5年）
- 脊髄腫瘍で腰から下肢の難治性疼痛
- ヘルニアをもっていた　⇒複合性局所疼痛症候群（5年）
- **難治性慢性疼痛**（やっと診断）
- 線維筋痛症や鬱病 ⇒ 慢性疼痛性障害
- 非定型顔面痛と非定型歯痛（1年）
- **難治性疼痛**
- 右上肢が RSD と診断され 17 年半が経過
- 左下肢 CRPS　頚椎ヘルニア＆狭窄症、椎間板症、坐骨神経痛
- CRPS で精神科
- 線維筋痛症（FMS）、強直性脊椎炎（AS)、胸郭出口症候群（TOS)
- 一応疼痛性障害にしとくね
- 診断がつかずに悩み中
- 椎間板版ヘルニアがあるにはあるけれどそれだけでここまで痛くなるはずはない（診断？）
- 脊椎関節炎（強直性脊椎炎）（全身の痛みが出て2年）
- 激しい腰痛を発症⇒四肢痛⇒繊維筋痛症と診断（3年半）
- **慢性疼痛**、へたってきました。（8年）

・舌痛症歴、非定型口腔顔面痛歴半年、身体表現性障害歴
　（8 年）
・線維筋痛症と慢性疲労症候群
・椎間板ヘルニア、坐骨神経痛、難治の CRPS
・ＳＬＥ（膠原病・難病指定）からの慢性疼痛

● 　　〜2017
・CRPS 右足の膝から足首迄、坐骨神経痛、椎間板ヘルニア、
　首の頸椎脊柱管狭窄症の疑い
・過労とストレスからくる痛み、いわゆる鬱だと診断
・疼痛性障害、または身体表現性障害
・神経障害性疼痛（24 年の病歴）
・持続性身体表現性疼痛障害（右足）

　線維筋痛症と診断されたり、うつ病による痛みと診断され
たり何が何やらさっぱりわからない。よく考えるものだ、医
師というのは。
　「慢性疼痛性障害」などは、「慢性疼痛」と「身体表現性障
害−疼痛障害」が一緒になってしまっている。医師の混乱ぶ
りもわかる。
　「慢性疼痛」はわずか２例しかない。いかに病名すら最前
線の医師には伝わっていないかがわかる。
　良く解釈すれば薬の処方をつづけるための「病名」か？と

7. SNS に投稿された慢性疼痛の「診断」　● 183

は思うがCRPSをなぜ「精神科」で診療を行うのかは、私の経験と知識では考えられない。扱える薬が違うことから来ているのか。

　学会とかはどうしているのだろうか？　そういう問題ではなく、「表面化しない病名」なのだろうか。

　中には先天性身体持続性疼痛障害なんてものもある。

　これでは患者は混乱どころか困惑してしまうのも無理はない。『慢性疼痛診療ハンドブック』にはない診断名がならぶ。これで診療できるのであろうか。

　これが現場の実情なのだ。

8. 私におきた事件と呼べること

　私は当地に住まいをかまえてから、「殺されるのではない
か」と危険を感じた入院がこの4年あまりで2度あり、その
ことについて記したいと思う。

その1：下痢事件

　4年前の10月のある日、私は激しい下痢に見舞われた。
何が原因かはわからない。日中に医療機関を受診しとけばよ
かった、と後悔先に立たず。夜になっても続いて、今度は胃
のあたりが痛く強制的に吐いた。これはほんとにおかしいと
思って救急車を呼んで搬送してもらうことになった。どこへ
搬送しようかと隊員が模索している中、「入院案内」を見つ
けた。

　実は、腎臓の機能を示す「クレアチニン」の数値が高く、
生検（組織をとって調べるというもの）をやることが決まっ
ていて、1週間後、2週間ほど入院することが決まっていて、
そこへの入院案内だった。

　入院のいきさつを話すと、隊員は「そこへ行きましょう」
といって連絡し始めた。受け入れる、との病院側の了解も取
れたことから搬送が決定。まだ歩ける状態だったので歩いて
救急車に乗り病院へ。

覚えのある入り口から入り救急対応の診察室へ。ベッドに寝かされてバイタルをはかり始めた。熱はなく血圧も正常。問診ではこれといった思い当たることがないことを話した。血液検査、レントゲン、心電図を受けたような覚えがある。この間トイレに行ったのはわずか1回。私はもういいのではないか、と思っていたので今夜中に帰れるだろうと思っていた。当直は整形外科医が一人だった。急患は隣にご老人が一人、転倒して肩を脱臼したらしい。うなっていたがしばらくして静かになり「いびき」が聞こえた。おそらく麻酔をうたれたのではないかと推察された。

　そうこうしている間に、腎臓を専門とする若い医師が来て、また同じ問診を始めた、これで3回目。血液検査の結果も出ていて「脱水症状が見受けられる」として、点滴が始まった。

　看護師が、「入院ですよー」と言う。従うしかない。

　この時、痛みのことは何も頭をよぎってはいない。

　病棟に移って一人点滴を受けて横になっていた時、しんしんと痛みが始まった。どんどん膨れ上がる。それにしても使われた形跡の無いような部屋だった。看護師を呼んで「痛いんですけど」と伝えた。まだ余裕がある。

　この病院の整形外科で痛み治療をしたことがある。「靭帯への麻酔注射とリハビリ（AKA療法も）」でお世話になっていた。更には入院患者にモルヒネ処方をしていることを知っていた。そのことを思い出し、大丈夫だろうとタカをく

くっていた。

　夜が深まるにつれて痛みがひどくなってきている。そのうち耐えられなくなって叫びはじめた、「痛い痛い！」、と。広い病室に一人だったので遠慮はない。看護師を呼んで「先生に来てもらえないだろうか」と聞いた。まもなくして先生が来てくれた。「下痢は止まったみたいだし、痛みが強くなってきたので家に帰してほしい！」と伝えた。答えは NO。ウィルスかもしれないので調べなければならない、明日になる、ということだった。だから入院の形をとったのか、と思った。「痛いから帰してほしい！」と繰り返したが答えはNO。こういう時の若い先生は、上司の先生と話さなければならないこともあってか、融通が利かないので困る。

　痛みはだんだん強くなっていく、立っても引かない。ずうっと激しく強くなっていく。

　看護師を呼んで「モルヒネを飲んでいるので、薬をもって来なかったし入院するとは思ってなかったから帰してくれ！」と強く伝えた。「モルヒネが切れたのかしら…」などと、落ち着いている場合ではない。「帰してくれぇ！」と懇願した。はたから見れば、だいの大人が子供みたいにダダをこねてるようにしか見えなかったのかもしれないが、本人はいたって真面目。「今先生が調べているから」などと。

　痛みはもはや「ギャーギャー」に変わっていた。何か注射をされて少し眠ったようだった。しらじらと夜は明けてきた。まだ叫びが続く。諦めてもまだ痛みが続く。

8.　私におきた事件と呼べること　● 187

なんでも、「朝になれば職員も来て内科の先生も来るので
その先生に診てもらおう」と若い医師から告げられた。「CT
をとりましょう」、と言われたが拒否した。経験上、下痢で
CTはありえないからだ。

　来たのは10時過ぎ、その前に母が薬をもってきてくれて
いたが、すべて医師に取り上げられて、家族の問診を受けて
いたという。なんと・・・。完全にノックアウト。内科の先
生が来てくれたのはいいが、おなか見せて、と腹を強めに押
す触診のみで終わった。胸に下げている聴診器は何に使うの
だろうか。

　さらに、「今回は下痢で来ているから、ウィルスを調べな
ければいけない。だから今日一杯いてもらうことになる。痛
みに関しては精神科（通っていた別の神経内科）の先生と相
談する」と言って部屋を出ていった。もう堪忍袋の緒が切れ
た。看護師を呼んで「退院します」と告げた。

　殺されると思った。

　もうひと踏ん張り。会計が済まないと退院させてもらえな
いことになっている。結局午後2時過ぎとなった。家に帰る
TAXIの中でゼリーを流し込みモルヒネを5錠飲んだ。下痢
も完全に止まるだろうし痛みもなくなる安堵でいっぱいに
なった。これが依存と言われればそうなのかもしれないが。

　実は私はこの病院では整形外科領域で入院中の患者にモル

188

ヒネを服用されていることを知っていた。

　X線でみながら注射する治療を受けていて、たまたま激しい腰痛で入院していた患者さんから聞いた話。

　こうして命が救われた。患者の痛みはこんなにも持続し続けることを理解してほしいことを願う、ただの痛みとは違う持続性の痛みだ。そういうことへの理解の無い病院には二度と行くまいと誓った。

　この病院での「腎生検」はなくなった。この病院でしなくてよかったと心から思った。ここでやってはいけないと教えてくれたのだと思えばなんのこともない。

　腎臓については一昨年の6月、別の病院で、「右腎動脈狭窄症」との原因がはっきりし、カテーテル治療を受け、今は少しだけクレアチニン数値が下がり経過観察となっている。もうすぐ1年半の検査が控えている。年齢を考慮した腎機能 eGFR 値は下がっている。一度機能を失った細胞はよみがえることがないという。現状維持でいたい。（eGFR を教えてもらったのも SNS である）

　この腎機能低下により慢性疼痛治療薬の処方が、局所麻酔（神経ブロック、トリガーポイント注射）か、オピオイド薬しか処方できない旨、腎臓の先生から言われた。

8. 私におきた事件と呼べること　● 189

その2：インフルエンザ事件

一昨年3月、インフルエンザにかかってしまった。熱がない。鼻水と鼻づまりとセキで風邪だとばかり思っていた。簡易検査でひっかかった。5日間、朝・昼・晩のタミフルを処方された。いわゆる「自分の居場所がわからない」と言われる症状が出たのは何日目くらいだったろうか。かつて住んだ事のある独身寮のように、窓を開ければすぐそこは芝生敷きのグラウンドがあるような、外では誰かが何かを練習している声が聞こえる、そして長い塀があって桜の木が間隔をあけて整然と並んでいるような、そんな感覚に襲われた。

ここは3階でグラウンドなぞない。塀もない。もうすぐ花見の季節が近づいていることは間違いのないことだった。

生まれて初めて "幻覚" を見た。

問題はそのあと、激しい下痢となり眠れなくなった。タミフルを処方されたクリニックへ行ったなら、下痢は強制的には止めないから、として過敏性腸症候群患者に処方する水分調整剤をもらって飲んだが一向に止まる気配がない。いよいよくたびれてオシメに変えた。今の介護用おむつは横から漏れる。嫌だったがしょうがない、それをやるしかなかった。こういう時はベッドがたすかるなぁとつくづく思った。あの冒頭書いた激しい下痢を思い出してしまった。夜も眠れない、薬を飲む力もない。モルヒネを飲むのを忘れていた。気付き

もしない。どう頑張っても激しい下痢が止まらない。

　TAXIを呼んだが、「体には触れられない」規定で乗れなかった。でも運転手さんが機転をきかせてくれて救急車を呼んでくれた。隣の市からの派遣ですぐ目の前に大きな総合病院があるにも関わらず、20分ほどの違う市の病院へ搬送された。午前中。特別室につれていかれベッドの上に横たわる。血液、点滴、レントゲン検査が行われた。それ以外の検査も。そこで1回、用をたした。そのまま出してもいいというのでいきんで出した。着替えるからとのことだった。

　ストレッチャーに載せられたまま待機、ほんとに疲れていた、この1週間くらい一睡もしていない。トイレ通い。長年の入眠導入剤ものんでいない。すべてはタミフルから始まったこと。

　その病院の偉いさんが会議しているのが聞こえる。検査をどうしようかということらしい。腹部のエコーやCT、そして脳のCT、脊髄の髄液も取った。そこで一瞬眠ったようだ。脱水症状はもちろん出ていたので点滴。何やら怪しい点滴で中が見えずぐるっと何か袋がかぶせられていた。

　救急室に運ばれた。そこでも一睡もしていない。

　朝方吐いた。読んでおられる方の中には「点滴でお腹がいっぱいになる」という話をご存じの方も多いと思う。私もそうでお腹がいっぱいになった。「止めてください、点滴を」

と何回も言ったが、「脱水症状が出ているので」との一点張り。腹いっぱいになったからもういい、とまでいったがNO。そして吐いた。朝早くに血液採取があった。それだけ。

　朝、なんだか救急室が騒がしい。模様替えか引っ越しか、何やら荷物の整理が始まった。その奥では救急隊との勉強会が開催されている。

　そのうち女医さんが来て「具合はどうですか」と尋ねられ、「下痢が止まりません」とだけ言った。

　何を交わしたか忘れてしまったが、私の主治医となることを教えられた。総合診療科の医師。そのうち部屋が一般病棟に変わり、また一人大きな部屋に。誰かがいればまた別の展開もあったろうと思う。その前にエコー検査があって病室を出たがさわやか〜な風が心地良かった。

　一般病棟は乾いた空気でトイレが1か所しかない。看護師は二人でナースステーションが見当たらない。まるで牢獄。看護師が転科手続きを行う際の確認書らしきものは全くない。すべては口頭で伝えられる。こんな病院初めてだ。と思っている間に部屋へ。その間、「何、あの偉そうな救急看護の若い連中は」と言った会話が聞こえる。中でもメガネをかけた看護師は要注意だと思った。医師の回診の時、その看護師がついていた。

　「私、朝早くに吐きました」というと驚いたように「どれぐらいですか」と聞かれ、返事をしようとしたら、すかさず看護師がいう「ほんのちょっとね、ちょっと」そんな量では

192

ない、コップ一杯くらいは吐いた。点滴をしているだけなのに。そしてまた下痢が始まった。何も口にしていないのに。トイレは遠くて歩けない。そしたら、おむつを買って来ましょうかというので「お願いします」と。

　おむつはパンツタイプではなく布タイプ。すべては患者もちで当たり前。

　その前に、簡易トイレが持ち込まれていたが紙が固くて使えない。結局看護師を呼んできれいにしてもらう。迎えた夜。

　あろうことか年のいった母に「付き添いで泊まってくれ」という。「一人でいるより心強いかな、と思って」とはメガネの看護師。2日目の夜だ。

　昼に退院しようかと思ったが、足が動かない。これは痛いどころの話ではない。痛みは無い、でも歩けない。何かが影響しているものと思われる。何かで覆った点滴が気になる。普通の点滴のように見えたが何かを混ぜているのかもしれない。

　夜泊まることになってしまった母。寝具は売店で手配できると言われて運びこまれた寝具はサマーチェア一式、薄いかけ布団に毛布、マットレスに枕だった。これで一式600円。安いはずである。サマーチェアが持ち込まれるとは誰が想像するだろうか。一晩眠るのに・・・・・

　その夜以降に母の左耳が難聴性となってしまった。起きたときに〝ツユ〟みたいなのが流れ出ていたという。

8. 私におきた事件と呼べること　● 193

看護師の権限で付き添いを宿泊させる権利はないと思われるがどうであろうか。この完全看護の時代に付き添いに泊まれなどと。前にもあったこのような、泊まれ事件は。

　そんな母を見ていて、これは殺される、と思った、しかも二人だ。証人はいない。退院しようと思い。翌朝は早く看護師に申し出たが、主治医が来たのは11時過ぎ。「退院チェック」というのがあって、最低の歩行状態を見て了解された。主治医は不満げだったが、その上の医師が承諾したため退院となった。

　前述と同じく会計を済ませ、点滴が外され、リストバンドもカットされて、午後２時過ぎの退院。

　ここでは病院付きの社会福祉士のお世話になった。私は歩けない。元気に杖を突いて歩く母の簡単な食事や薬の受け渡し、など病室を出てから TAXI に乗るまで、いろいろお世話になった。彼がいなかったらまだ病院にとどまっていたかもしれないと思うほどによくやっていただきました。ありがとうございます。

　社会福祉士のこんな働き場所があろうとは思いもしなかった。

　そしてその後退院して驚いたのは「診断名が、意識混濁」であったこと。２泊３日で５万円、１泊１万７千円ほど。結構高い。検査に比重がおかれている。結局はわからなかった。

加えて、「左大腿神経麻痺」となってしまった。退院して数日後に「膝くずれ」を起こしてそうなってしまった。一概には言えないが、すべては「タミフル」が起こしたと思われる事件。

　以上、その1、その2は、よくよく考えてみると、調子がよくてモルヒネを飲み忘れたことから始まったことである。加えて病院の対応がいかに不透明なことがおわかりいただけたかと思う。まだこんな病院があるのだ。気をつけないといけません。

　激しい下痢の鎮静にも役立つモルヒネ。上手に使うべきだったことを後悔している。

　こういうことを医師は教えてはくれない。

その3　モルヒネ事件

　モルヒネは強オピオイド医薬品で最後の治療薬として用いられる「医療用麻薬」だ。

　私はある医師から「痛みがわからないから……」と言われて「モルヒネ」を処方されたのが5年前の11月だった。それまでは漢方3年、神経ブロック4年目、薬物で、NSAIDsはもちろん処方されたことはあったが、オピオイド薬物は貼付け剤のフェンタニルパッチを処方されたことがある。

　最初は重篤な副作用が出ないかどうか、を探る意味で3錠から始まった。

8. 私におきた事件と呼べること　● 195

１週間くらい続いた後だろうか、異常が認められず12錠／日処方されたので、朝5錠・昼4錠・夜3錠で飲み始めた。効果抜群で痛みのない時間が増えた。半面、夜眠れない状態も続いた。眠れないといっても寝つきが悪いだけで眠れないことはなかった。

　私の痛みは、朝起きてから夜眠るまで持続的に続くので、薬が切れると痛みが始まることから、根本的な解決には至ってないなぁ？とは思っていた。絶対的に痛みが起ってほしくない時、例えば母の病院の送迎時などには、プラス1錠ずつ飲んだ。つまり7－5－0錠飲んだ。完璧。

　こういうことは、患者としては絶対にしてはいけないこと。"何かあった場合"の対応に、処方医の責任が問われることになるからだ。

　一方で、医療用とは言え麻薬であることは承知している。多くの方から"やめるべき"との意見が相次いだ。しかし、過去8年の痛み（当時）、しかも恥骨当たりと、ことはやっかいなだけに痛みが取れることはありがたいことで周囲の意見を聞く耳を持たなかった。

　順調にADL／QOLも上がっていった。一昨年12月には小旅行にもいった。私は運転手。

　ところが、一昨年8月お盆明けのこと、「処方できない」とされた、急な話だった。

ただしこれを機会に、徐々に減らしはじめ年明けのころから減薬し、当初の投薬の2/3　12錠→8錠までとなった。
　朝8錠＋昼5錠を朝5畳＋昼3錠とし、夜は飲まない。減らした量で十分だった。

　突然の処方中止を受けて、なぜですか？と疑問をぶつけた。「審査が厳しくなった」という。（私の場合は県の国民健康保険団体連合会が審査する）

　審査とは、正しい診療がなされているかどうかをチェックする機関によって実施される。その背後には社会保険診療報酬支払基金がある。そして大きな背景には厚労省の掲げる“医療費抑制という名の国の姿勢”である。
　私の場合は国民健康保険なので、国民健康保険組合団体連合会の審査部が、県内の医療機関からあがってくる保険診療のレセプトをチェックして保険診療が正しくおこなわれているかを判断する。
　しかし現実として月1回、何百万と上がってくるレセプトをチェックできようはずもない。どうやらピックアップをして“チェック”と称していることは明白だ。厚生局の職員がそういった内容の話をしていた。

　審査が厳しくなったのは一昨年の1月からだそうで、それまでは医師が（医療機関が）“自腹”を切って私にモルヒネ

8.　私におきた事件と呼べること　● 197

を処方していたことになる。「ブラックリストに上がっている」、「慈善事業じゃない」などのハラスメント的な言葉を浴びせて、クリニックに来るのをあきらめさせようとした。

　私はあきらめなかった。元来私はしつこい性格である。納得するまでやってしまう。市→県→厚生局指導鑑査課への問い合わせを通してわかったことがあってそれは「**医師の所見があれば処方可能**」なこと、だった。

　それ以外にも厚労省の保険局監修の「医療用麻薬の適正使用ガイダンス」というのがあって、「**慢性疼痛に対してモルヒネの120mg以上の投与もあり得る**」ときちんと書いてある。

　引用した『慢性疼痛診療ハンドブック』の中にも「**120mg／日を上限として処方してみてもいいのでは云々**」のくだりがある。更に「**ガイダンス**」の中にも「**120mg／日を超える場合もある**」と記されている。

　そのことも合わせもって医者のもとへ通ってみたものの首を縦に振ることはなかった。

　いろんな病院・クリニックに電話して聞いてみても「処方はしていません」としか返って来ない。そういった特殊薬を処方するクリニックに行くしかなかった、ただし「自由診療」。

　つまり100％払わなければならなかった。これだけで40000円／月。苦しい。

　メーカーの"添付書"が基準となっていることからメー

カーにも尋ねた。

そしたら「県によっても対応が違うようですよ」との返答。全国一律ではないのか⁉ と疑問。

そしてネットで探し始めた。

キーワードは「慢性疼痛」「医療用麻薬」「▽▽市」「病院」。

ヒットしたのは "痛みを我慢することはありません" との内容だった。

病院の名は、独立行政法人国立病院機構▽▽医療センターの緩和ケア内科だった。

電話で医長（後で知ったが）と直接つながったため事はスムーズに行われた。予約を取り付けることができた。それでも9月上旬だった。喜びに勇んで紛失した受診カードを受け取りにセンターの受付窓口に行って受診カードを作ってもらった。100円。受診するにあたって "紹介状がない場合5400円をとられる" ことから前に通っていたクリニックに紹介状を書いてもらい、受診の際持って行った。

9月、10月はまともに進んだ。

その間、お決まりの血液検査・ＣＴそして神経内科・精神科に回された。

はじめに緩和ケア内科では "問診" に多くの時間をさいて、最後に音叉を使った感覚異常？を調べ、明らかに右足の感覚異常がある、とされた。血液検査・ＣＴでは異常がなかった

8. 私におきた事件と呼べること ● 199

（ガンがあるかどうかの判定？）。

　神経内科の診察は極めていいかげんなものだった。私は、今まで別の病院で検査したデータを持って行った。できるだけ早期に、診かたによっては異常が見つかるかもしれない、と思っていたからだ。

　院内でとったＣＴを見ながら「異常はないなぁ・・・・」と言った。脊椎のＣＴ画像だけを見ての所見だった。そして私がもっていったデータについては、「データ見てもらいましたか？」と尋ねて初めて「ああ、これを見ると全部わかるんだぁ・・・」と言って初めて私の持ち込んだデータを見ていた。

　つまり、患者の持ち込んだＣＴ画像や、同じ神経内科医の確定診断した所見の書いたいわゆる「（患者）医療情報提供書」など見てはいない、とわかった。

　「異常がない」と言ったので退席をしてその日は終わり。後日、母の通院日（母は別の診療科に通っている）、神経内科に寄って、「私の持ち込んだデータと診療情報提供書を返して欲しい」と申し出た。

　30分余りかかったろうか。データと患者情報提供書を取り返した。

　失礼に当たるかなぁ、とは思ったがやむを得ない、診る気が無いものに無駄な思慮はいらない。

　こういったことが後に倍以上になって跳ね返ってくる（ことは当時予想だにしなかった）。

200

次は精神科。脳波を測ると言う。

その前にいろいろ聞かれた。

今までの病歴が主だった。

2001年に小腸を手術し、術後の経過が悪く、「うつ病」と診断されて30年勤めた会社をリストラされたことも告げた。

精神科の先生はパソコンを一切使わずノートに書き記していった。

「状況はわかりました」と言う。脳波測定は2週間後、そして解析には3週間かかる、とのこと。

実は既往歴での「うつ病」が大きなウエイトを占めるに至っていたことがあとでわかる。

これが前述した"うつ病の既往歴がのちのちまで影響する"ということであった。

そして迎えた10月初旬。急に気温が下がった日だった。

私は1回6時半ころに起きた。しばらくすると眠気を感じてコタツで寝入ってしまう。

そして8時ごろ強い痛みを左ひざに感じ、モルヒネを8錠飲んだ。痛みはスーッと消えていく。

そして9時過ぎに病院に電話、診てほしいと。答えは"予約でいっぱいです。昼12時から13時の間なら空いていますその時でいいですか?"私はできるだけ早期に診て欲しかった。でも病院の都合もある。12時に行くことにした。何も

8. 私におきた事件と呼べること ● 201

体に触れることなくモルヒネの処方で終わり。

　この時先生は「痛みはわかります」とも語ったから、もう安全だ、と思い込んだ。

　それからはコタツで寝ないことにした。

　体が冷えて筋肉が縮んだことによる痛みだと勝手に思う。

　そして運命の11月22日。精神科・緩和ケア内科受診の日。

　実はその前に〝サインバルタ〟という薬を整形外科の先生に処方されていて、この薬が効いた。

　長年の恥骨周辺痛が100％消えていた。だから座る席はどこでもいいと思っていた。

　最初は柔らかい椅子は座らないことにしていた。

　精神科では、脳波には異常がないことを告げられる。

　緩和ケア内科ではソファ、ベッド、丸椅子、高価な椅子の4種類の座る席を準備している。丸椅子を選んだ。

　この時、ベッドには若いと思われるマスクをした医師が二人、中堅の医師が一人、そして医長の計四人。調子のいいことを告げた。脳波も異常がない、神経内科も異常がないことも告げた。

　そして医長が言った。

「もう予約は取りません、モルヒネ処方もやめます」

「……どうしてですか？」

「ここはガン性疼痛を診るところだから」と医長。

　言葉が見当たらない。

何度お願いしても、出せない、の一点張り。

　わかりました。あと1か月面倒みてください。「午前5錠、午後5錠でお願いします」と懇願した。

　そしてモルヒネが処方された。おそらく最後と覚悟した。

　ここも診療拒否としか言いようがない。

　診療科の問題ならば、診ることのできる診療科へ、モルヒネの処方できる科へまわして欲しかった。私は、「整形外科がある」と投げかけたが無理！

　あの"痛みはわかります"との言葉は嘘だったのか？

　ガン性疼痛には寛容で、慢性疼痛にはこんなにも我慢を強いさせるのか？と思わざるを得ない。

　国のガイドラインもちゃんとあるのに、何故？

　また大きな力が働いているのか？とさえ思ってしまう。

　その「もう予約は取りません＝もう診ません」との医師の発言にさいし私は医長あてに手紙を書いた。

・モルヒネは処方された通りに飲んでいること

・気分の高揚のためには飲んでいないこと（実際言われているような高揚感はない）

・あくまで痛みをとるために飲んでいること

・国の指針がちゃんとあること

などをきっちり書いて返事がないので、時間差で2通送った。

8. 私におきた事件と呼べること　● 203

返事はなかった。

なので、12月20日に母の同病院の通院があることに合わせ、予約外で診てもらえないかどうかを打診した。最初難色を示したが、最終的に午後4時半ごろなら診れる、となった。

母の診察も順調に進み、こんな日に限って早く終わってしまう。たいがいそんなものだ。

診察室に入って行くとまた四人、そのほかに事務方と思われるネクタイをした男性が二人、ソファに座っていた。そのうち一人の男性はガタイがよく私のそばを離れない。

その前に神経ブロックをやってもらっている整形外科の先生に相談していて、やめるにあたってどうすればいいのか、を尋ねていた。

実はその先生はかつて、大学病院のいわゆるホスピスにて「ガン性疼痛緩和ケア」担当でモルヒネの使用経験を有していた。その先生によると、急にやめるといろんな退薬症状が出て危ない、という。

今の100mg／日を60mg／日に落としてやめる分にはたぶん何もないと思う、とのこと。

その旨を緩和内科の医長に伝えてもガンとして変わらない。「110mg／日だったら急にやめても大丈夫」との見解。根拠は「医療用麻薬適正使用ガイダンス」なんだそうだ。医長は私への処方量では、一般的には退薬症状はない、と断言した。

204

診断は「心因性ストレス性疼痛」「麻薬依存の疑いあり」とされた。

わけがわからないとこんな診断がつく。なんとな〜く、あの時のシチュエーションと似ているなぁと思う。

あの時とは「1. 医療不信」で書いた、ただの下痢がうつ病につながったあの時。

まったく似ている。理解不能になると精神的なものとなってしまう。こういった傾向には「慢性疼痛」でもある。かくして私はモルヒネをやめることになるが、やはり怖かったので、してはいけないことをした。

それは完全にやめるために、薬をためておいたことである。これはやってはいけない行為だ。

この2年間は強烈な波のある2年だった。

モルヒネで完全に痛みの消失がある傍らで、またもとに戻された。

処方医の責任とは何だろうか。やめさせる医師の責任はなんだろうか。一方的なやめ方はあまりに無責任すぎる。医師は困ることはない、しかし患者は、それで助かる者もいるというのに。

あとで理解できたが、慢性疼痛への保険適用はモルヒネにはない（当時）。あるとしても1.5錠／日まで（添付書による）、暫時増減できる。暫時増減は医師にしかできないことだ。薬剤師も看護師もできない。あくまで医師のできることで、しかも「麻薬施用者」の資格がある者に限られている。

8. 私におきた事件と呼べること　● 205

そして保険では３錠／日まででかつ 30 日処方まで、と
なっている。
　私が一連のことで、厚生局から聞いた話、「判例では３錠
まで認められたから」と一致している。
　つまり、モルヒネに関してはエビデンスではなく判例で処
方の上限が決められている。
　ガン性疼痛ではなく、非ガン性疼痛に対して、「難治性疼
痛」には適用されなかったことを追記する。

　ここはしっかり考えるべきではないだろうか。

　そして今、フェンタニルパッチに変えて加療中である。

　やっとここまで来たか、との感が強く残る。その後のモル
ヒネ処方医は２錠から初めてひと月１錠ずつプラスして行っ
て、４錠処方した月の翌月、３錠まで戻された。
　「イイですか」と尋ねられて「イイです」と答えた。どう
にもならないことを知っていたからである。
　医療の情けなさをこの時ほど感じたことはない。

　SNS で「モルヒネが効かない」との投稿は３錠／日の処
方ではないのかと思う。

　もう１回言うが私はモルヒネ塩酸塩 10mg ／錠× 10 錠・日

で日中の痛みが消えた。

しかし、慢性疼痛では、どうやら3錠までしか認められていない。ペインクリニック学会でも1.5錠／日しか認められていない。ガン性疼痛患者さんへの意義を考えたとき慢性疼痛患者は何も言えない。しかし、非ガン性疼痛患者とて人間。医療界が審査に物言わぬ限りは変わらない。

そして、慢性疼痛患者はなぜこんなに我慢をしなければならないか、教えていただきたい。

フェンタニルパッチは保険適用があり、モルヒネはない。同じ医療用麻薬だ。なぜだろうか。教えていただきたい。

私は、モルヒネ120mg／日を「慢性疼痛」には認めていただきたいと考えている。

4錠×朝・昼・晩の3回（正式には4時間毎に1回）とさせていただきたいと考えている。

繰り返し言うが、それで助かる人もいるのであれば、すぐにでも実施していただきたい、と切に願う。

8. 私におきた事件と呼べること ● 207

9. コスト意識の低い（薬剤の値段、処置の値段を知らない）医師が多い

「痛み」だけで10は超える医療機関を受診した。このことを医療界では「ドクターショッピング」と言う。

普通に言われるロキソニン、ボルタレンなどの痛み止めから始まって、漢方薬を3年あまり処方されたことがある。いろいろな生薬の配合で痛みを抑えるとした。ツムラなどの顆粒剤ではなく、湯で煎じて飲む本格的な方法をとった。この方が効きも良いとの説明を受けた。最初に専門医に処方されて薬局に行くと、生薬の香りがぷーんと漂っていて、嫌いではなかったのでこれは効くかもしれない、と思った。

煎じる機器も購入しなければならなかった。確か1万5千円くらいはしたと思う、もう捨てたが。

甘いと感じたら効果が得られる、とか、最低3か月ほどは飲み続けないといけない、と説明を受け、始めた。

1週間、何も変わらない。2週間、なにも変わらない。1か月、何も変わらない、3か月何も変わらない。診断は「線維筋痛症」だったが。2週間サイクルで処方されて飲み続けた。朝煎じて、朝・昼・晩、ご飯の前3回に分けて飲む。2週間単位で処方される量が半端じゃない。煎じるのも大変だが、ゴミを捨てるのも一苦労。においは残るし香りが部屋中

にこもる。何より効かない。

医師が口を開いた。「保険で調剤できる生薬は限られているので、保険を使わずに調合してみてはどうでしょう」と。私は断った。それまでに1万2・3千円／月はかかっていたと記憶している。

それでも続ける覚悟を決めていたので、気づいたら3年たっていた。費用も1万5・6千円／月に増えていた。そのことを医師に伝えると「そんなもんですよ」と。

これを全額自費にすれば5万くらいにはなる。どうしてもそれから先へは進めなかった。

いわゆる「西洋医学薬」の薬の処方をお願いした。

ガバペンという、「線維筋痛症」の第一選択薬のガバペンチン薬。抗てんかん剤。

数か月して保険収載の上限8錠までいってだいぶ良くなってきた。

ガバペン（300mg）1錠55円×8 = 440×30 = 13200円×0.3 = 3960円／月　となる。

私の年齢では30％。調剤技術料などの薬局経費も安い。約1割プラスすればいい。

この薬局経費、処方する薬によっても変わってくるので良く見ておきたい。

それでも効かない場合（どこまでを効くと称するかは個人の考え方で大きく変わってくる。私の場合で言えば、痛み0

を追究した）、SNRI、弱オピオイド剤の処方が考えられる。

　SNRIとは、抗うつ薬の一種だが「痛みを感じにくくする」効果もあって、精神科ではなく「整形外科」などで処方されることが多い。サインバルタなどがある。2000年に発売されて（痛みに対して有効とされた）、疼痛では比較的新しい薬。20mgカプセル174円／1カプセル、30mgカプセル236円／1カプセル。痛みの緩和として使用の場合は上限60mg／日なので

　20mg×3 ＝ 447円／日

　30mg×2 ＝ 404円／日

　これだけでも43円／日の差があり、1290円／月の差が出てくる。これを12か月とすれば保険医療費だけで4644円もの差が出てくる。ただ一般的に流通しているものは20mgなので30mgとなれば"取り寄せ"などの時間がかかる場合がある。

　処方の仕方も20→40→60mgと徐々に増やしていかなければならず、もし40mgで効いてくれば30mgの必要性はなくなる。

　同じ薬剤でも投与数が一緒ならば安いに越したことはない。負担をするのは患者なのだが、処方箋を薬局にもっていって「変えてほしい」と言っても変えてはもらえない。医師に直接伝えて処方箋を変えてもらわないといけないことが一般的だ。

弱オピオイド薬の代表がトラマドール剤のトラマール錠が
ある。

　私の場合、トラマール［OD］錠50mgを朝・昼・夕食後に2
錠飲んでいた。即放剤（効き目が早い）。それでは効き方が
いまいちだったのでワントラム（トラマール剤100mg）を追
加していただいた。除法剤（効き目は遅いが効力は長い）。2
つの組み合わせで半年くらいはそれですんでいた。この組み
合わせが保険収載されているのかは承知していないが、投薬
中止がなかったので大丈夫だったのではないかと思っている。
ただ高い。

　トラマールOD錠　50mg　68円×2錠×3回／日＝408
円／日×30＝12240円／月

　ワントラム120円／日×1×30＝3600円／月

　合計15840円／月×0.3＝4752円／月　薬局諸経費20％
くらいとして5700円／月くらい。

　サインバルタ60mgをたして4700円で10000円強／月の薬
代となってしまった。

　加えて、すでに抗不安薬　「デパス」「ワイパックス」「ヒ
ルナミン」、睡眠薬「ベルソムラ」を飲んでいたためか、そ
ちらに影響して睡眠薬が効きすぎて、早く効いてしまってす
ぐ眠ってしまう現象が現れた。ベルソムラを除き、ベンゾジ
アゼピン系向精神薬である。どの添付書のどこにも書いてい

ない。医師に伝えても明解な返答がない。薬剤師に聞いても同様だった。

　しかし、『慢性疼痛診療ハンドブック』には書いてあった。長期間服用の研究がないことを理解せよ、と。ちなみに私はベンゾジアゼピン系剤を10年以上飲んでいる。それが効きすぎて困った。今は自分で減らして調整できている。本来は医師に伝えて調整してもらう立場だが、「任せる」と言われたり・・・・・・。

　薬には「副作用」のリスクがある。まさに、症状の緩和とリスク、そして対費用効果も考えていかなければならない。それは医療機関ではしてくれない。患者自身が感じて、調べて対処していかなければならないことが現実なのは残念だ。

　そして、「神経ブロック注射」をひどい時は2回／週やってもらっていたので8600円×2×4＝68800円×0.3＝20640円／月。意外とこれが毎月の多くを占めていたのに気づいて強オピオイド剤に変えた（正確には医師が変えた）。

　その前にノルスパンテープと言う貼付剤も試した。麻薬拮抗オピオイドの分類に入る。5mg、10mg、15mg、20mgと進めていく。

　5mg　　1573円／7日

　10mg　2427円／7日

　20mg　3735円／7日

　私の場合は20mgまでいったので3735円×4／月＝14940

× 0.3 = 4482 円／月× 1.2（薬局経費）≒ 5400 円／月　と
なる。

　もし、トラマードール剤で効かなかった場合はノルスパン
テープに変えたほうがよさそうだ。

　最後に、私の使用した強オピオイド薬剤（医療用麻薬）を
はじいてみる。

　デュロテップパッチMT（3 日間貼付剤）2.1 mg、4.2 mg、
6.3 mg、8.4 mgと 2.1 mg（有効成分 0.3 mg／日ずつ）と増やして
いく。1 日ごと張替のワンデュロパッチもある

2.1 mg　1841 円／枚・3 日× 10 = 18410 円× 0.3 = 5523 円／月

4.2 mg　3311 円／枚・3 日× 10 = 33110 × 0.3 = 9933 円／月

6.3 mg　5152 円／枚・3 日（2.1 + 4.2 mg）× 10 = 51520 円× 0.3
　　　　= 15456 円／月

8.4 mg　6230 円／枚・3 日× 10 = 62300 円× 0.3 =
　　　　18690 円／月

　モルヒネ換算 0.12 mg（120 mg）／日以上は処方されないと聞
く。なので 6.3 mgが上限。

ワンデュロパッチ 0.84 mg　581 円／日× 30 = 17430 × 0.3 =
　　　　5229 円／月

ワンデュロパッチ 1.7 mg　1094 円／日× 30 = 32840 × 0.3 =
　　　　9852 円／月

ワンデュロパッチ 2.54mg　1675 円／日　(0.84 ＋ 1.7mg) ×30
　　＝ 50250 円×0.3 ＝ 15075 円／月

ワンデュロパッチ 3.4 mg　　2039 円×30 ＝ 61170×0.3 ＝
　　18451 円／月

（薬価出典：薬価サーチ：平成 29 年）

＊モルヒネ塩酸塩［DSP］10mg　126 円／錠×10 ＝ 1260 円
　／日×30 ＝ 37800×0.3 ＝ 11340 円／月

＊モルヒネは保険上「慢性疼痛」では３錠／日×30 日分し
　か処方してもらえない。しかし都道府県によって対応が異
　なる、という（大日本住友製薬）。

　効果とコストを見た場合モルヒネがいかに優れた薬品であ
るかは歴然なのだが。

　メーカーの大日本住友製薬の添付書には 15mg／日とある。
しかし厚生局によれば３錠までならいいと聞いた。それは過
去の判例で決まったからであって、エビデンスに基づくもの
ではないことを明記しておく。事実、昨年３月ごろからのモ
ルヒネ処方では４錠になったとたん３錠にせよ、との審査が
入った。やはりなと思った。

　SNS 上では「モルヒネが効かない」との投稿もあるがお
そらくは保険収載範囲の３錠／日しか処方されていないと思
われる。中には４錠×３回／日との投稿もあるが、まさにモ
ルヒネの特性を承知して処方されているものと言える。私の
場合は朝５〜８錠、昼４〜５錠、夜はなしでおよそ２年間過
ごした。レセプトで引っかかってＮＧとなった。医師の根拠

214

は厚労省の「医療用麻薬適正ガイドライン 2014」版で〝依存〟ともされた。

　強オピオイド処方には「麻薬加算」が加わる。また、薬局の中に「麻薬処方資格者」がいないとその薬局では処方できない仕組みがある。どこでも処方できる薬ではないことを明記する。処方できる医師は「麻薬施用者」の資格が必要でメーカー開催の勉強会に参加して認定を得ることも必要で、その取扱いは厳格である。

　また、現在では承認薬剤も増えていて選ぶことができるが、医師の使い勝手や薬局の在庫などを確認しておかないと、すぐ使えない場合もあるので注意する。「緩和ケア」のある医療機関の近くには処方できる薬局は間違いなくある。

　こういったコスト情報を教えてはくれない。概算金は言ってくれるが。おそらくは知らないのだと思う。会計はすべて事務方任せだからである。レセプトの点数 1 点につき 10 円と覚えておけばいくらなのかはわかる。

　こういった比較もぜひ自分なりにはじいてみて日常の生活資金を考えていく必要がある。

　推測だが、おそらく漢方は 2 万円／月前後じゃないと収まらなかったのかもしれない。依存の副作用さえ気にならなければ強オピオイドを使ってみるのも一つの選択肢だと考える。私はやめることができた。

自動車の運転が問題となる SNS 上への投稿もあるが、少
なくとも当地の公安委員会、麻薬取締、には触れず、問題は
自賠責のようである。私は保険会社に聞いて「大丈夫」との
回答を得ているので、少なくとも、もし人身・対物事故が
あっても補償に関しては問題ない。ただ、自分に対する補償
はないと考えたほうがいい。一応は OK の回答を得ている。
　ちなみにフェンタニルパッチ（ワンデュロパッチ、フェン
トステープ）とモルヒネ塩酸塩と比べた場合は、効果も考慮
すると確実にモルヒネ塩酸塩の方が安い。
　モルヒネこそ最大の痛みに効く薬であってコストも安い、
つまり、医療財源にかかる負担も減る。これこそ医療費削減
の一つではないか。患者も医師も国も相身互いの関係が成り
立つ。
　確かに "麻薬" は危険かもしれない。日本では印象も悪い。
社会的な認知もまだまだされていない。"医療用麻薬＝強オ
ピオイド薬" としたらどうだろうか。いわゆる薬だ。私はこ
の著を読んでくださってる方々へのお願いは、モルヒネを使
うべき人へは使ってもいいのだ、とのその必要性をお認めい
ただきたい。私の場合、2 年間 120mg／日で痛みが 9 割がた
消えた。ほとんど感じない。これほど嬉しいことはない。だ
からと言うわけではないが上限 120mg／日くらいの使用をお
認めいただきたい。強く願う。

　とはいうものの、薬の処方であれ、施術ができるのは医師。

患者は医師の存在でよくなるもの。悪くもなる。だから患者としての知識を眠らせながら診察に向き合うことが大事なのだと思う。決して自らの知識を医師にぶつけてはいけない。あくまで疑問符として医師の助言を受けることがなによりも患者として寛容な態度なのだ。

　加えて、強オピオイド＝モルヒネを自分から望むようなことは絶対にあってはならない。

　痛みが消えた例の値段を比較してみよう。

　モルヒネ塩酸塩錠 10mg／錠× 10 錠／日＝ 1260 円／日

　サインバルタ 20mg／カプセル　3 カプセル／日＝ 447 円／日

　　　　　計　1707 円／日× 0.3 ＝ 512 円／日

　　　　　　　　　　　15,360 円／月

　今処方されていて、3 割程度に落ちついている薬剤

　フェントステープ 2mg／日× 2 枚／日＝ 2114 円／日

　ノルスパンテープ 20mg／ 7 日＝ 3735 円／ 7 日

　サインバルタ 20mg／カプセル× 3 ＝ 447 円／日

　リボトリール 0.5mg／錠× 2 ＝ 20 円／日

　　＝ 2114 円／日＋ 534 円／日＋ 447 円／日＋ 20 円／日

　　＝ 3115 × 0.3 ＝ 935 円／日

　　935 × 30 日＝ 28,050 円／月

　どう計算してもモルヒネ塩酸塩を使った方が効果、金額、

共に良好だ。

　皆さんも、今処方されている薬を比べていただきたい。

　慢性疼痛には、「根治」が、今現在はない、ある意味一生もの。生活費に占める割合も少なくはないのだ。そういった観点からも、モルヒネの存在も大きいと言える。

10. 収入を得なくてはならない課題

　前項で示した通り、直接コストだけでも、高額な医療費が慢性疼痛の場合にはかかる。その一方で、薬の処方には、順番があるのも事実。

　慢性疼痛の治療に関してだけではなく、ガン治療に関しても順番がある。

　友人が一昨年（2016年）ガンになり、克服した、と年賀状で教えてくれた。皮膚ガンの一種メラノーマということだったが、抗ガン剤投与→放射線→甲状腺手術４回→オプジーボ投与でやっとガン細胞がなくなって「克服した」とのことであった。以降、設計事務所経営からは少し手を離れ「企業倫理」により深く目覚め、全国を巡っての普及活動に積極的に取り組んでいるらしい。大きな病を「克服した」と言ってより強く目覚めたのだろう。飲めない酒まで飲んで、その後の暮らしを楽しんでいるようで、充実しているとも電話で語った。

　慢性疼痛の薬物治療にも、特にオピオイド治療薬には厳しい順序がある。

　弱オピオイド薬→中等程度のオピオイド薬→強オピオイド薬（医療用麻薬）という順序。

10. 収入を得なくてはならない課題 ● 219

オピオイド薬は「脳神経の混線」に対して処方されるもので、脳を刺激することから、嫌う患者さんも少なくない。

私みたいな患者は、知っていれば、すぐ強オピオイドを処方してもらいたいほうだが、そんなことは知る由もなかった。説明を聞いて、あるいは調べて初めて分かった。医師からの説明がない部分を、「この薬は麻薬だからね」と言われて初めて気が付いた薬剤ではある。効き目について個人差があるので明確なことは言えない。ただそれ相応の効き目があるのは間違いないことだと思う。

ある医師が言った。「モルヒネが効くということは頭の問題なんだよ」と。

私の場合、確実に効いた。これほどの喜びはない。8年という長い年月苦しんできた「痛み」が8割がた消えた。

何をしても、特に車の運転時に全く感じないでいられることは助かった。母の病院への送迎、診察の付き添い、日々の買い物など、自動車を使う機会の多い日常が当たり前のように過ぎていくのが嬉しかった。

ただ、薬代が高い。処方の際、「麻薬加算」が薬局の明細書には書いてある。

でもそれを補うことができる"稼ぎ"があればなんということはない。

私は"仕事しなきゃ"と考えた。そうすれば高い薬代も迷

うことなく払うことができる。

「麻薬」というからおかしなことになるのであって、「オピオイド治療薬」と言ったらどうだろうか？　だから正しく使えば害のない薬であることを検証していただきたいと願うのである。それでも車の運転など、タクシーや配送業務はやめた方がいいのかもしれない。それ以外でまずはアルバイトから社会的リハビリを兼ねて始めるのもいいのではないだろうか。

ちなみに私はというと、こちらが収まったらあちらが、あちらが収まったらそちらがという症状が腰から下肢にかけて発現する。一番基本な「座ると痛い」からなかなか抜け出せないでいた。

座らない姿勢の業務などないのではないか？ということでせめて母の病院の送迎・立ち合いだけはきっちりやっている。車の運転もたかだか30分くらい。そのくらいは薬と気合で我慢する。これ以上のオピオイド薬は投与できない、と医師はいう。そうだろうと思う。朝の散歩を楽しみたい。

動いているうち脳神経が正常に戻って、そのうちオピオイド薬の処方がなくともいいようになるのではないかと淡い期待さえ出てくる。収入があれば日常の薬にかかるお金を心配せずとも良くなる。心に余裕ができる。穏やかに暮らせる。こんなにも前へ前へと思考が進む。

思考を変えて痛みを克服するとの医学界とは真逆の考え方。「痛み」がない（感じない）ということがそれだけ、医学

10. 収入を得なくてはならない課題　● 221

界の言う ADL／QOL は格段に上がることを重ねて述べる。

それを、モルヒネはどんな副作用が現れるかわからない、印象が悪いなどの理由のために、処方をためらう医師が多いのもまた現実。「のけぞるほどの痛みがなければ処方できない」、という医師もいた。

であれば、医療用麻薬に関する研究を前に進めて、どのくらいまでなら科学的に大丈夫との見解を見出していただきたいと願う。米国でどうだから、英国でどうだから、WHO でどうだからではなく、日本の基準はこうだ、と世界に冠たる情報を発信していただきたいと願う、こともまた一患者の願いである。

そのためならこの身を医学界に捧げてもいい。

脊髄に機器を埋め込むなどの治療法よりはまだ安全で廉価なのではないだろうか。

人間 "働かざる者食うべからず" の言葉通り、なんでも好きなものを食べることもできるようになる。たった少しの投薬でこうも変われるものかと驚くことしきりだ。

しかし、一方で副作用が気になるのも事実。添付書には「自動車の運転は避ける」とあって、ほんとは車の運転はダメなのではないかと思うが、必要性があっての話。"禁忌" とはなっていない。

万が一の場合の自賠責も自身への補償がないかもしれないが、相手方への補償は確保されることが確認できているのでそれでいいと思っている。

222

安全な薬を処方する責務が医師にはある。一方で早く良くなりたい、と患者の訴えがある。そのバランスをよく考えての処方をぜひお願いしたい。そのための「インフォームドコンセント」をしっかり行っていただきたい。

　こういう薬があるが試してみますか？と言った内容ではなく、これが効きますよ、と言った選択をぜひ言ってもらいたいと願う。患者にはまったく理解不能な薬や処置なのだから。

　慢性疼痛が熱中症くらいの患者が気をつけないといけない症状であって、それを防ぐにはどうしたらいいか、と言った、日常生活の注意点を行えば済むくらいまでになっていければと思うのである。

　しかしながら、死につながるものではない「痛み」。それを抱えて死ぬまで生きなければならないつらさは誰にもわからない。何とか根治できうる社会となってもらいたいと願う。

　最近、事故で負傷した方々の情報を「命に別状はない」との報道がある。例えば自動車事故であっても、命に別状がないといっても頸椎を損傷して下半身まひになったらどうだろう。一生そのことを抱えて生きなければならない。軽々しく言ってほしくはないと思う。

　ガン患者さんがすでに働き始めておられることはご承知のことと思います。労働基準監督署による就労相談さえある。

　身体障害者への就労支援はあるが、慢性疼痛患者への就労支援はないこともないが、まだまだ極々一部。

日本国民は、病気になろうがなるまいが「健康保険料」を支払う。病気になれば、診療報酬の10％〜30％を支払わなければならない。

慢性疼痛患者も決して安くない診療費を収めている。収入を得なければならない。

慢性疼痛患者への就労支援も、国、県、医療関係者と共に、制度化していただきたい。このことを切に願う。

何よりも企業の理解が必要となることは言うまでもない。

今、私にあるのは、「限度額適用・標準負担額減額認定証」だけである。市から発行される。収入に応じて、一医療機関／一診療科あたりの限度額／月を決めてくれている。私の場合は、最低の35000円／月である。

最近話題の東洋医学への切換も試してみることも、一定の効果があり診療費を安くするという点からよいのではないだろうか。

私も最近鍼灸治療へ通い出している。医師の同意書が必要であるが、保険適応の疾患もある。腰痛症などでは確実らしい。マッサージを加えても1000円／回に満たない。ご参考までに。

11. これからの慢性疼痛の治療は？

　今までは慢性疼痛の定義、患者の持つ特性、思考、オピオイド治療、神経ブロック治療、認知行動療法など、『慢性疼痛診療ハンドブック』を紹介しながら私の10年の経験を交え、記してきました。

　しかし、残念ながら同著には大事な「根治」という項目、文字がないのです。つまり、対象療法の継続なのです。

● 2012/04/06

　九州大学の「神経障害性疼痛」の原因（仕組み）を解明

　http://news.mynavi.jp/news/2012/04/06/103/

　何らかの危険を知らせる「神経を興奮させる」物質が脳から出されて、神経に作用して痛みを引き起こしていた事が判明したと言う事です。不快な痛みは嫌です。不快を超えて苦痛の何物でもない痛みもあります。一日も早く痛みを緩和する治療薬が出来る事を願っています。

神経障害性疼痛のメカニズムが大きく前進

公開日：2016/08/19

https://www.kyushu-u.ac.jp/ja/researches/view/39

● 2015/04/09
北海道大学 大学院医学研究科・医学部
「線維筋痛症候群」の鑑別にはじめて成功（PDF）
（若尾宏准教授）
http://www.hokudai.ac.jp/news/150409_med_pr.pdf

● 2016 年 8 月 12 日（金）午前 10 時（英国時間）
英国科学誌『Nature Communications』オンライン版に発表
一昨年、慢性疼痛の仕組みが解明されたことが記されています。
http://www.nikkei.com/article/DGXLZO99584480S6A410C1CR8000/

上記 4 項目は SNS に投稿されたものです。
残念ながら『慢性疼痛診療ハンドブック』へ寄稿された所属・研究者の姿はありません。
まだまだ基礎研究の段階と言えそうです。
やがて近い将来、きちんと医療現場に降りてくることを強く願っています。

● H16 年 5 月 20 日〜 23 日
［最新の疼痛治療戦略］と題して第 77 回日本整形外科学会学術集会 LUNCHEON LECTURE6 が実施された模様です。
http://www.tvk.ne.jp/~junkamo/new_page_332.htm

"心療整形外科"を標榜する加茂先生のブログへ飛びました。前ページのようなセミナーも開催されたようです。

http://junk2004.exblog.jp/d2004-11-26

●そのほか

〇 NPO法人痛み医学研究情報センター

http://pain-medres.info/

『慢性疼痛診療ハンブック』とリンクしているようです。

〇 NPO標準医療情報センター

http://www.ebm.jp/disease/other/02chronicpain/guide.html

（慢性痛　―現状とその治療―）

などがあるようです。

これ以外1年前とは比べられないほどの慢性疼痛あるいは慢性痛のサイトが増えているような気がしてなりません。

加えて

・慢性疼痛 ガイドライン 2014

・慢性疼痛 ガイドライン（オピオイド）

・神経障害性疼痛薬物療法ガイドライン（PDF）

・疼痛治療ガイドライン

など多くのガイドラインもあります。

（＊私は上記ガイドライン等について内容を把握しておりません。参考までにとどめおきください）

11. これからの慢性疼痛の治療は？ ● 227

また、強オピオイド薬「オキシコドン」の"乱用防止の一環"としての薬剤も開発されているようです。

塩野義　粉砕できない経口オピオイド系鎮痛薬を導入　慢性疼痛適応での乱用防止に

https://www.mixonline.jp/Article/tabid/55/artid/45176/Default.aspx
"厚生労働省からの開発要請を受けて第3フェーズを行っている"とされています。

そして2016年11月30日の発表で、厚労省に承認申請したとされる。

https://www.mixonline.jp/Article/tabid/55/artid/54913/Default.aspx

一方で、痛みをとることを排除しない研究・開発がある。

他方、基礎研究を始め、薬材の開発、ネット上では多くを検索可能なことから、話題の多さも含め、明らかに「慢性疼痛」は社会的な認知がなされてきているのではないかと思われます。

数多くの悩める慢性疼痛患者にとっては朗報ではないでしょうか。

また、DCT（ドラッグ・チャレンジ・テスト）の存在について、SNSへの投稿があったので記します。私は知りませんでした。

228

"入院中に薬理学的疼痛機序判別試験（ドラッグチャレンジテスト）検査を受けていますが、痛みが主観的なものなので、ドラッグチャレンジテストだけで100％解明は難しいですが、色々な事を試されて結果を出さないと誰も信じなくなりますよ。"と私はSNS上でお叱りを受けました。

岡山大学大学院医歯薬学総合研究科　麻酔・蘇生学講座（http://www.okadaimasui.com/jp/blank/dragchallenge/dragchallenge.html）によれば、

"患者さんに鎮痛作用を有する薬剤を少量ずつ静注し、痛みの変化（改善）を観察して、薬理学的に痛みの原因となる機序を推察し、治療法を選択する検査法です"とあります。

入院しないと無理ですね。

静脈麻酔剤、局所麻酔薬、αアドレナリン受容体遮断薬、麻薬性鎮痛薬を用いて行われます。

結果として効くものがあればそれに応じた治療を行うようです。（すみません、私には経験がありません）

残念ながら100％奏功するものではないとも言われていますので、コミュニケーションをしっかりとって実施する必要がありそうです。どこでも実施されていることではありませんから医療機関に問い合わせして探さないといけないようです。

いずれにしろ"地域性"がありますね、いつも思いますが、ご近所にあれば一番いいのでしょうけどなかなかそういうわ

けにはいかない現実もあります。"移動"の問題、それにかかる費用の問題。しかし長くかかることを考えれば、ご近所の医療機関を巡って"ドクターショッピング"を繰り返すよりは思い切って移動して、できれば「慢性疼痛（3か月）」になる前にきっちりとした「疼痛」に理解のある医療機関を訪ねることも大事かもしれません。

＊厚生労働省のホームページからも各県の病院検索ができます。

　厚労省 → 痛み政策事業 → 病院検索 ができますので紹介しておきます。

　北海道では札幌医大、東北では福島医大しか載っていません。東北でいえば、山形大学病院、岩手大学病院、八戸平和病院なども取り組んでいるようです。（2018年1月20日現在）

＊2017年12月現在
＊病院の診療内容についてはご確認ください。

エピローグ

私の読んでいる月刊誌に以下の記事が載っていた。

医師が明かす「手抜き治療」の実態
—「医療差別」で殺される独居老人—

実に恐ろしいことだ。

一人の人間の終末をいくつも見てきた医師にとっては別に不思議でもなんでもないことなのか？
「死亡診断書」を書けるのだろうか？　独居老人の誰に対して。行政への届け出だけの為か。

—引用—
　日本の高齢化率は 2015 年 10 月現在 26.7％と世界第二位のイタリア（22.4％）を引き離す。
　この 20 年でほぼ倍増した。この歪んだ人口構成は高齢者の社会的な孤立を加速させ、人知れず命の灯を消していく孤独死がネズミ算式に増加している。
　それが日本の津々浦々まで拡散している裏には、経営効率と利益優先で病人を選別する「手抜き治療」の蔓延が潜む。

孤独な老人を適当に治療して死亡させたところで、訴えられりゃしない。身よりがなければ、裁判沙汰に至らないのだから、真剣に命を救う努力などしないのだ。

　―中略―

　人生の最後をもがき苦しみながら、だれからも助けてもらうことも、看取られることも、悲しまれることもないまま あの世に旅立つことはだけはごめんこうむりたい。
　誰もがそう思う。彼らが頼るのは医療機関だ。日常的に病院に通う人の割合は年齢とともに増加し 75 歳以上では 73％に上る。
　背景には家族構成にあるようだ。1980 年代、65 歳以上も高齢者の 7 割が子供と同居していた。現在は 4 割にまで落ち込んだ。高齢者の男性 1 割、女性の 2 割が独り暮らしである。

　―中略―

　首都圏の病院に勤務する医師が明かす。
「高齢者の具合が悪くなっても、何もしないことが多い。特に身寄りがない場合は。」
　また「悪性リンパ腫（血液のがん）患者が来た時、診察して大病院には紹介しなかった。」

理由は「大病院は理屈をつけて高齢者を引き取ってくれない。無理強いして大病院との関係を悪化させたくない」と判断。

診療報酬の引き下げが続きこの病院も経営が苦しい。病院が収益を上げるためには、短い入院期間で検査や治療によって、ひたすら回転率を高めなければならない。ところが高齢者の入院は長引ガチで利益を考えたときに効率が悪い。転倒でのケガ、合併症の発症など起こせば病院が責任を問われる。認知症やせん妄で異常な行動を起こせば、看護師らにとって大きな負担になってしまう。

ハッキリ言えば、今、病院にとって、高齢患者は「疫病神」であり、いの一番に門前払いされる対象なのだ。

―中略―

米国のデータベースに登録された社会的孤立に関する研究論文は1997年度と比較して3倍に増えた。その大半が、高齢者にとって独居が死亡のリスクとなると判断しており、いまやこれは世界的なコンセンサスとなっている。

これまで、この領域の研究者が注目してきたのは、病院を受診しない、食生活が偏るなどして患者サイドの問題だった。しかし、最近になって「医師の手抜き」に着眼する研究者も出始めた。ある研究者が前立腺がん治療にかかわる33人の専門医にアンケートした結果を報告した。多くの医師が、家族がいれば手術や放射線治療を実施するが、独居だと、経過

エピローグ ● 233

観察すると明かしたのだ。

　―中略―

　首都圏の病院に勤める医師が、自分の病院の死亡例を調べた。年間300人の患者が亡くなる。院内で容体が急変すれば、基本的に蘇生措置が実施されていたが、例外があったという。それは独居の高齢者だった。調査では身よりのない高齢者だった。調査では全く身よりのない高齢者が10人。この医師は「大部分が全く蘇生措置を受けていませんでした」と明かした。救命措置すら「手抜き」されている。そんな現実の一端が浮かびあがる。

　―中略―

　こういう「手抜き医師」を排除するのは、本来、厚労省や日本医師会の仕事だ。ただ、彼らは一向に動く気配がない。
　医療差別の被害にあわないためにはどうすればよいか。妙案はない。元気なうちから頼れる人間関係を築き、来るべき時までそれを維持していくしかない。日ごとに増え続ける独居の高齢者たち。彼らを手抜き医療から救うのは、悲しいかな、この国では容易ではない。

（選択2017年9月版より）
　―引用終わり―

やれ医師不足、看護師不足と叫んでいるが、患者置き去り
の医療がそこにはある。

　独居だから・・・と言うだけで差別を受けて死に至る。
これほど悲しいことはない。

　これは、国を挙げての殺人に等しいのではないだろうか。

　いずれ自分にも降りかかるかもしれない問題なのに、何故
医療関係者は平気でいられるのか。

　そこが知りたい。

　医療倫理はないのか？

　今社会をにぎわしている「優生保護法問題」。それ以下の
ことをしようとしている。

　なんとなく察しはつく。86才になった母の診療に付き添
いで行っているが扱いが異なってきているように思う。何よ
りも本人が感じているので、その不安をいくらかでも和らげ
るためにも必ず付き添いは実施することにしているが、この
記事を目の当たりにしたときになおさらのこととなった。

　患者が求めているのはただ一つ「早く治りたい」の一言で
す。医療機関を頼ります。独居であろうとなかろうと。

　医療関係者、特に最前線の医師に反発するつもりはありま
せん。

　**医療者のストレスなんぞ、患者はわからない。医療者もま
た患者のストレスを理解できない。ここに「慢性疼痛」の最
大の不幸がある。**

エピローグ　● 235

患者が望んでいるのは一日も早い痛みからの解放であってそれ以上でもそれ以下でもない。痛みそのものがストレスであって、それを理解しない医療機関に出会うとさらに患者のストレスは増幅する。単に掛け算ではなく累乗するのが普通なのではないだろうか。

　SNSへの最近の投稿。
　ゴッドハンドと呼ばれた先生にかかった方がいて、「ゴッドハンドと呼ばれた医師も失敗したら話にさえ応じてくれなくなった」と。

　この人はきっと何とかなる、と希望を抱いたはずだ。その分だけ添えない医師の失敗は大きい。
　でも、それを認めながらも話をしないという態度はいかがなものか。それでも患者は医療費を請求されて支払う。これでいいのだろうか。

　これが現実なのだ。"患者力"をあげて臨まないと大変なことになってしまう、と思うしかないのだろうか。
　"患者力"とは、NHKの報道番組で、「今後の医療は、医師が決定して診療にあたるのではなく、提案にとどめ、患者自らが提案を選択することで診療を決める。そのためには患者が情報などを集めて"患者力"を高めていかないと患者にとっての医療が成り立っていかない」というものだった。そ

うした時代に入っていることを表しているのだろう。日本全国津々浦々まで浸透しているかというとそうでもない。

　まだそこまではいっていないと信ずる。いろんな情報を集め患者力をあげることは、悪いことではない。しかしいろいろな情報をあまりひけらかすと、明らかに医療現場では不愉快に思われてしまう。そのことも注意されたい。

　とは言え例えばの話。救急外来へ行って、容態を聞いても納得のいく説明がなかったりしたら、私は爆発するだろう。

　医師が患者のほうを向くより、パソコンや電子カルテの操作に必死なのも残念です。

　患者は診ています、医師を。感じています、医師の声を、診察を。

　このことをまるで見ているかのような患者さんのSNSへの投稿です。

　"痛みは、患者さん本人でないとわからないこと。

　医師は、医師として提供できることの提案をすることで、それを試しにやってみて、その方法を続けていくのか、中止をしてまた別の方法を試していくのかどうか。それを決めるのは、患者さんご自身ですよ。

　ということを話されていた医師がいました。

　（私が直接言われたのではなくて、処置室で別の患者さんに話をされていたのが聞こえてきました）"

エピローグ ● 237

本当にこんなことでいいのだろうか？

そして、本書を手にとっていただいた方に感謝します。

三浦　勝己（みうら　かつみ）

1957 年　秋田県生まれ
県立秋田工業高等学校建築科卒
19 歳で就職のため上京
自社オリジナル建築商品の拡販に従事
趣味は映画鑑賞で、SF、アクション、ノンフィクションを好む
相撲、バスケットボールをこよなく愛す

これが私の患者力　―慢性疼痛症　11 年―

2018 年 11 月 9 日発行

著　者　三浦勝己
制　作　風詠社
発行所　ブックウェイ
　　　　〒670-0933　姫路市平野町 62
　　　　TEL.079（222）5372　FAX.079（244）1482
　　　　https://bookway.jp
印刷所　小野高速印刷株式会社
©Katsumi Miura 2018, Printed in Japan.
ISBN978-4-86584-370-5

乱丁本・落丁本は送料小社負担でお取り換えいたします。

本書のコピー、スキャン、デジタル化等の無断複製は著作権法上での例外を除き禁じられて
います。本書を代行業者等の第三者に依頼してスキャンやデジタル化することは、たとえ個
人や家庭内の利用でも一切認められておりません。